Sinnliche Strömung

Buch 4
Karibische Abenteuerromantik

Anna Lowe

Inhaltsverzeichnis

Zum Schauplatz in Grenada

Sinnliche Strömung spielt auf Grenada, einer kleinen Insel in der südlichen Karibik, die für ihre Gewürze und ihren starken Rum bekannt ist. Diese wunderschöne Insel liegt etwas außerhalb des Hurrikane-Gürtels und ist ein Treffpunkt für Segler aus aller Welt. Die meisten kommen hierher, um sich zwischen den Segelsaisonen zu entspannen oder um in der Gesellschaft von guten Freunden an ihren Booten zu arbeiten. Das ist es, was Meredith Whitman erwartet hat, als sie zur Gewürzinsel aufbrach – aber Entspannung ist nicht wirklich das, was sie bekommt. Zumindest nicht bis zum Ende ihres Abenteuers. Lies weiter!

Kapitel 1

Es war ein tropischer Morgen wie aus dem Bilderbuch. Eine kühle karibische Brise wehte durch die offenen Fenster des Minibusses und sorgte für angenehm frische Luft. Aus den Lautsprechern tönte Reggae-Musik und alle Fahrgäste wippten fröhlich mit den Köpfen. Tief hängende Lianen klatschen gegen die Windschutzscheibe und kratzen dann über das Dach des Busses. Der schwache Duft von Muskatnuss kitzelte ihre Nase.

„Don't worry. Be happy." Der Fahrer zwinkerte ihr im Rückspiegel zu.

Meredith grinste zurück. Sie war erst seit einer knappen Woche auf Grenada und hatte sich bereits in den Ort verliebt. Allein die kurvenreichen Straßen dieser Insel entlangzufahren, war ein Abenteuer für sich. Vor allem nach all der Zeit, die sie auf See verbracht hatte. Und ein morgendlicher Ausflug in die Stadt war genau das, was sie brauchte, um sich vom Alleinsein abzulenken.

„Grenada, die Gewürzinsel." Ein Mann in der Reihe hinter ihr lehnte sich über den Sitz und sprach viel zu dicht an ihrem Ohr. Sein Atem roch nach Knoblauch. Sein Akzent war französisch.

Sie lehnte sich weg und nickte höflich. Natürlich wusste sie, wo sie war. Sie hatte Tage damit verbracht, den Weg ihres Segelboots zu dieser Insel in der südlichen Karibik zu kartieren. Nach neun langen Tagen hart am Wind, seit sie Bonaire verlassen hatte, war sie zum ersten Mal in der Karibik auf Land getroffen.

„Wunderschön, ist es das nicht?", sagte der Franzose.

Eine dieser Fragen, die sie nie beantworten konnte. Ja? Nein? Nicht?

„Wunderschön", murmelte sie und überlegte kurz. Es war derselbe Typ, der sie vor ein paar Tagen bei einem Seglerfest angebaggert hatte – unaufhörlich, unausstehlich. Einer dieser Typen, die eine halbe Stunde lang über sich selbst prahlten, dann genau eine Frage über sie stellten, um dann weiter von sich selbst zu reden.

Sie schaute wieder nach vorn. Vielleicht würde er merken, dass sie nicht interessiert war.

Vielleicht aber auch nicht. Der Franzose kam noch näher und ließ ihren Sitz unter seinem Gewicht knarren.

„Aus der Luft ist die Insel noch viel schöner. Ich bin Pilot, wissen Sie."

Er hielt inne und gab ihr reichlich Zeit, in Lob und Bewunderung zu schwelgen. Hatte er vergessen, dass sie sich bereits kennengelernt hatten? Okay, er war zu dem Zeitpunkt ziemlich betrunken gewesen. Aber musste sie sich seine ganzen Aufreißersprüche wirklich noch einmal anhören?

Sie reckte den Hals, um einen letzten Blick auf die *Serendipity* zu werfen, und wünschte sich plötzlich, sie hätte den Mut, ihre eigenen Antworten zurückzufeuern.

Er mochte ein Pilot sein, aber sie war eine Seglerin, und sie hatte es auf diesem kleinen Boot verdammt weit geschafft. Vielleicht nicht so weit wie ihre Cousins Seb und Tobin, die mit dem Boot ihres Großvaters den ganzen Weg von Neuengland bis in die Karibik gesegelt waren, aber immerhin. Etwas so Waghalsiges hatte sie noch nie getan. Vierhundert Seemeilen gegen den Wind von Bonaire nach Grenada waren eine Leistung, auf die man stolz sein konnte, vor allem auf einem elf Meter langen Boot.

Sie warf einen letzten Blick auf ihr schwimmendes Zuhause, das ruhig vor Anker schaukelte, bevor das dichte Laub es verbarg. Ein Anblick, der sie mit Stolz und einem winzigen bisschen Angst erfüllte, denn sie war diese vierhundert Meilen mit ihrer Schwester und ihrem Freund gesegelt. Die nächsten vierhundert würde sie allein segeln, da Mia und Ryan zu ihren Jobs in den USA zurückgekehrt waren. Meredith hatte noch ein paar Monate Zeit, um sich in der Karibik zu entspannen, bevor sie zu ihrem normalen Job zurückkehrte. Was absolut perfekt gewesen wäre, wenn sie jemanden gehabt hätte, mit dem sie diese Zeit hätte teilen können. Jemanden wie den Mann, den sie auf Bonaire kennengelernt hatte. Er war nicht nur faszinierend gewesen, sondern auch höflich, klug und umwerfend, aber gleichzeitig so bescheiden. Oh und witzig. Einfühlsam. So gut im Zuhören wie im Reden.

Mit anderen Worten, ganz anders als der Mann, der sie jetzt gerade anbaggerte.

„Ich bin Pierre. Ein Pilot der französischen Küstenwache."

„Hallo, Pierre", sagte sie und verkniff sich den Rest. *Ich bin eine Seglerin, die am liebsten in Ruhe gelassen werden möchte.*

Sie musste sich wirklich ein paar bessere Sprüche überlegen, um Männer abblitzen zu lassen, jetzt, da sie nicht mehr im Schutz des gutgebauten Freundes ihrer Schwester stand, um Haie wie Pierre zu verscheuchen. Sie konnte es sich ganz genau vorstellen – Ryan, der ganz Alphamännchen, warnend starrte, während ihre Schwester sich vorbeugte, um Pierre in seine Schranken zu verweisen.

Schön für dich, dass du ein Pilot bist. Aber weißt du was? Meine Schwester hier ist eine Ärztin. Sie rettet Leben.

So stolz sie auf ihren Beruf war, wusste Meredith doch, dass sie nicht dem Klischee entsprach.

Eine Ärztin? Komisch, ich hätte dich für eine Sozialarbeiterin gehalten. Das hatte ein Segler kürzlich zu ihr gesagt.

Oder eine Kindergärtnerin. Das hörte sie auch oft.

Ich hätte mir dich irgendwie als Gärtnerin vorgestellt, hatte ein Nachbar einmal zu ihr gesagt.

Nein, sie war nicht der arrogante Notarzttyp, den man aus dem Fernsehen kannte. Und ja, sie kannte den Namen eines jeden Patienten – und die Namen des gesamten Personals, mit dem sie zusammenarbeitete, vom Anästhesisten über die Röntgenassistenten bis hin zu den Reinigungskräften, die die Klinik sauber hielten. Sie alle verdienten ihren Respekt.

Irgendwie bezweifelte sie, dass sie es Pierre erklären könnte.

„Diese Insel sieht so friedlich und unschuldig aus", fuhr der Franzose fort. Dann senkte er seine Stimme in einem heiseren

Ton. „Aber unter der Oberfläche befindet sich eine Welt der Drogen. Schmuggelei. Intrigen."

Meredith rollte mit den Augen. Grenada hatte die gleichen Probleme wie die meisten karibischen Inseln, aber es hatte auch seine Reize. Warum sollte sie sich mit den Schattenseiten befassen, solange sie sich von ihnen fernhalten konnte? Sie hatte in New York genug von der dunklen Seite des Drogenhandels gesehen, wo die Hälfte der Patienten auf ihrer Unfallstation mit Schussverletzungen oder Überdosen eingeliefert wurde. Das war ein Grund für ihren Aufenthalt in der Karibik: um alledem zu entfliehen. Um Bilanz zu ziehen. Vielleicht auch, um einen neuen Kurs für die Zukunft einzuschlagen. Als Ärztin konnte sie fast überall einen Job finden. Sie könnte sich zum Beispiel eine ruhige Landklinik in Vermont suchen oder eine Gemeinschaftspraxis irgendwo im Westen.

Das Problem war, die Suche einzugrenzen. Das Gefühl abzuschütteln, orientierungslos und hilflos zu sein, das sie seit Jahren verspürte, seit...

Sie schloss die Augen. *Schau in die Zukunft, nicht in die Vergangenheit.*

„Deshalb sind wir hier, um solche Verbrechen zu bekämpfen." Pierre tätschelte sich selbst die Brust.

Diesen Teil seiner Vorstellung hatte sie noch nicht gehört.

„Wir? Wer?", fragte sie und war froh, sich von ihren eigenen Gedanken abzulenken.

„Die französische Küstenwache auf Martinique ist eine Partnerschaft mit der Regierung von Grenada eingegangen. Wir haben eine Abteilung unserer Drogenfahndung hier angesiedelt."

„Das waren Sie in dem Flugzeug, das uns vor einer Woche, als wir eingelaufen sind, überflogen hat?" *Das Arschloch, das über die Serendipity zischte*, hätte sie fast gesagt. Es war nicht die erste Sichtung eines Drogenfahndungsflugzeugs auf der *Serendipity* gewesen, aber sie waren ihnen am nächsten gekommen. Das Flugzeug war so tief geflogen, dass sie geschrien hatte, weil sie dachte, es könnte den Mast beschädigen.

Er neigte bescheiden den Kopf. „Das ist schon möglich. Sie sind also eine Seglerin? Wie heißen Sie?"

Wow. Er konnte sich wirklich nicht daran erinnern, sie kennengelernt zu haben. War sie wirklich so leicht zu vergessen?

„Meredith." Sie kratzte sich am Ohr und schaute auf die Uhr.

„Meredith", wiederholte er und gab ihrem Namen eine französische Betonung. „Es bedeutet *des Meeres*... Meredith des Meeres."

Eigentlich war es walisisch und bedeutete *große Herrscherin*, aber sie bezweifelte, dass Pierre das interessierte. Er war schon wieder bei seinem Lieblingsthema – sich selbst.

„Jeden Tag fliegen wir eine Runde über die Insel und führen eine Rasterpatrouille durch. Wenn wir verdächtige Aktivitäten sehen, haben wir die Erlaubnis einzugreifen." Er sagte die Worte mit einer *Lizenz zum Töten*-Betonung, während er seine Brust aufplusterte.

Pierre machte eine schneidende Handbewegung und fuhr fort. Er redete weiter und weiter und weiter. Der Fahrer warf Meredith einen mitfühlenden Blick durch den Rückspiegel zu und drehte das Radio zu einem dumpfen Dröhnen auf. Der Fahrer wippte im Takt der Melodie mit dem Kopf und ließ dabei seine langen Dreadlocks tanzen.

„Don't worry. Be happy... "

Meredith summte die Melodie, während sie sich auf die Landschaft konzentrierte, die so viel interessanter war als Pierres Selbstgespräch. Barfüßige Kinder winkten von der Veranda eines Backsteinhauses. Ein alter Mann ging unter der Last von dicken Zuckerrohrstangen gebeugt die Straße entlang und farbenprächtige Vögel flatterten durch den dichten Wald, der fast die Straße überwucherte. Grenada war so anders als die flache, staubige Landschaft von Bonaire. Auf dieser hohen, verworrenen Insel ging das satte Grün in ein verträumtes Bergblau über, sobald sich der Blick auf ein Tal öffnete, das sich von der Küste aus nach oben zog. Meredith wünschte sich, sie könnte diese Aussicht mit jemandem teilen, aber sie hatte niemanden. Zumindest niemanden, den sie sich wünschte.

Der Pilot erzählte weiter von sich selbst, die Reggae-Musik dröhnte fröhlich vor sich hin und der Kleinbus fuhr noch um einige Kurven, bevor er die Hauptstadt Grenadas, St. George's, erreichte. Der Fahrer hielt auf einem offenen Platz und alle stiegen aus.

„Gehen Sie zum Markt?", fragte Pierre.

„Ähm... äh... " Meredith kratzte sich auf der Suche nach einer Ausrede den Kopf. „Nein, zur Post", platzte sie heraus. „Aber ich glaube, die beiden dort gehen zum Markt." Sie deutete auf ein paar blonde Rucksacktouristinnen, die eine Karte studierten.

Pierres Augen weiteten sich und er eilte in ihre Richtung, bevor er anfing, seinen Vortrag vor seinem neuen Publikum zu wiederholen. „Grenada, die Gewürzinsel... "

Meredith huschte davon. Sie machte tatsächlich einen Abstecher zur Post, um den Brief abzuschicken, über dem sie gestern Abend Tränen vergossen hatte. Es war derselbe Brief, den sie jedes Jahr an dieselbe Person und in derselben Art und Weise schrieb.

Liebe Mrs. Santos...

Natürlich hatte sie geweint. Wie könnte sie es auch nicht? Aber die Sache war die, dass die Tränen nicht mehr so tief aus ihrer Seele flossen wie früher. Ein Teil von ihr würde immer um den Mann trauern, den sie einst geliebt hatte. Aber ihr Herz war bereit, weiterzuziehen.

Eines Tages, so hatte Mia gesagt, *wirst du Marcos Geist endlich loslassen.*

Meredith biss sich auf die Lippe. Die Wahrheit war, dass sie es getan hatte. Sie hatte jahrelang daran gearbeitet und etwas, das ihr Großvater vor seinem Tod zu ihr gesagt hatte, half ihr, den letzten Schritt zu tun.

Das Leben kann wunderschön sein, mein Schatz. Sieh zu, dass du diese Freude zulässt.

Sie war bereit. So, so bereit, zu leben und zu lieben. Aber verdammt, diesem Gefühl zuzustimmen und es tatsächlich zu leben, waren zwei völlig verschiedene Dinge. Es schien, als wäre sie wirklich stark aus der Übung.

Sie warf den Brief in den Briefkasten und eilte dann die Straße hinunter. Die Sonne schien, der Himmel war verblüffend blau und die Temperatur genau richtig. Sie war tatsächlich in der Karibik und erlebte das Abenteuer ihres Lebens. Das war doch ein guter Anfang, nicht wahr?

Okay, nächste Woche würde sie alles wieder einholen. Der zwölfte Jahrestag des schlimmsten Tages in ihrem Leben rückte näher und kein karibischer Sonnenschein und keine noch so gute Laune würden die dunklen Wolken dann verscheuchen können. Aber sie hatte nicht vor, die ganze Woche lang Trübsal zu blasen oder bis zum Umfallen zu arbeiten, nur um sich von dem bevorstehenden Datum abzulenken. Es würde kommen und gehen, wie es immer geschah, und sie würde es schaffen.

Entschlossen schnappte sie sich ihre Einkaufsliste und machte sich auf den Weg zum Markt am Hafen. Sie neigte den Kopf der Sonne entgegen, während sie ging und zwang sich, eine Melodie von Bob Marley zu summen.

Every little thing gonna be alright...

Noch bevor sie um die letzte Ecke bog, wurde sie von den reichen Düften und Geräuschen des Marktes eingehüllt.

„Bananen!"

„Kochbananen!"

„Ananas!"

„Zimt!"

Die Verkäufer priesen ihre Waren an, aber die Waren verkauften sich mit ihren süßen, frischen Düften praktisch von selbst. Auch die Farben schrien nur so und Meredith griff nach ihrer Kamera, um ein paar Fotos vom geschäftigen Treiben zu machen. Eine zahnlose, von der tropischen Sonne faltige, alte Frau stapelte Orangen auf eine Waage. Ein großer Mann rollte eine Schubkarre voller Knollen vorbei und der Schweiß auf seiner dunklen Haut glitzerte in der Mittagssonne. Das Sonnenlicht tanzte auf dem plätschernden Wasser im Hafen und die roten Dächer der kolonialen Hafenstadt lenkten ihren Blick hinauf zum steinernen Fort, das alles schützend überschaute. Das Einzige, was die Epoche verriet, war die flotte Melodie, die aus den Lautsprechern über ihr tönte, und ein deplatzierter Mercedes, der auf der anderen Seite des Marktplatzes stand.

„Die besten Melonen, die besten Guaven, die besten Orangen gibt es hier." Ein Mann winkte ihr zu.

Zwanzig Minuten später hatte sie ihre Tasche mit den „besten“ Bananen von einem Verkäufer, dem „besten“, Zuckerrohr von einem anderen und den „besten“ Guaven von einem Dritten gefüllt. Auf diese Weise dauerte der Einkauf zwar etwas länger, aber sie hatte Zeit und jeder konnte ein wenig von ihren Einkäufen profitieren.

Sie kaufte einen Granatapfel an einem weiteren Stand und ignorierte das Quietschen von Reifen hinter sich. Sollten die Touristen doch hetzen. Sie hatte Zeit.

„Der beste Granatapfel“, versicherte ihr der Verkäufer. „Und auch der beste Preis. . .“

Ein Schrei durchdrang die Luft und sie drehten sich beide um.

„Halt! Halt!“, schrie ein Mann.

„Passen Sie auf!“ Jemand winkte verzweifelt in die Richtung eines Wagens, der immer näherkam.

Die Heckscheibe des Wagens öffnete sich und ein langes Metallrohr wurde hinausgestreckt. Meredith erstarrte.

Ein Gewehr. Heilige Scheiße, ein Gewehr.

Ihre Füße schienen Wurzeln geschlagen zu haben, denn sie konnte nichts anderes tun, als zu starren.

Rat-a-tat-tat! Das Gewehr eröffnete das Feuer und der ganze Marktplatz brach in Schreie aus.

Rat-a-tat-tat! donnerte es und das Geräusch dröhnte in ihren Ohren. Das Auto fuhr eine Kurve und die Mündung des Gewehrs zielte direkt auf sie.

„Runter!“, rief jemand.

Ihr Kiefer klappte auf, aber ihre Glieder weigerten sich, sich zu bewegen.

„Runter!“, brüllte ein Mann, als Kugeln durch die Luft flogen. Eine prallte an einer Steinsäule ab. Die nächste fegte an ihrem Ohr vorbei.

„Was. . .“ Meredith stolperte, als jemand sie zu Boden riss. „Aua!“ Ihre Schulter schlug auf den Pflastersteinen auf.

„Bleiben Sie unten!“ Der Mann drückte sie zu Boden, während die Kugeln nur wenige Zentimeter über ihrem Kopf vorbeizischten.

Außer dem umgestürzten Obsttisch konnte sie nichts sehen, aber sie hörte das Quietschen von Autoreifen. Ein paar Schritte weiter stöhnte jemand auf und stürzte zu Boden.

„Alexei!", schrie eine Frau.

Eine Zimtwolke hing in der Luft, als ein weiterer Obststand im Chaos umkippte. Aber der Geruch von brennendem Gummi war noch intensiver.

„Polizei! Ruft die Polizei", schrie jemand, als das Aufheulen des Automotors auf der Straße verhallte.

Die panischen Schreie gingen weiter und der Mann, der ihren Körper schützte, verlagerte sein Gewicht und schaute auf. Sie drehte sich um und versuchte, ihre Gliedmaßen von seinen zu lösen. Auch wenn ihr Gehirn versuchte, den Vorgang zu beschleunigen, sehnte sich ihr Körper danach, diesen Moment für eine völlig unangemessene Weile auszudehnen.

Der Mann keuchte, als hätte er gerade einen olympischen Sprint absolviert – und gewonnen. Sein Atem kitzelte ihr Ohr, so wie es die Abendbrise tun würde. Kein Hauch von Knoblauch, keine Spur von Panik. Sie erhaschte einen Blick auf einen mokkahäutigen Mann mit strahlend weißen Zähnen, der ihr auf eine verschwommene Art und Weise bekannt vorkam, wie aus einem Traum.

Moment mal. Sie riss den Kopf herum. War das...

„Bleiben Sie unten!", murmelte er, als ein Motor aufheulte. War es dasselbe Auto, das für die nächste Runde zurückkam, oder war es ein anderer Wagen, der es verfolgte?

Der Mann rollte herum und zog sie mit sich, als ein zweiter Wagen hinter dem ersten her raste. Der Motor dröhnte, als das Fahrzeug näherkam und einen umgekippten Obststand wie einen Pflug vor sich herschob. Dutzende von Guaven prasselten auf sie nieder und ihre nackte Haut schrammte über den Boden. Sie kniff die Augen zusammen und dachte, dies sei ihr Ende. Die Reifen waren nur noch Zentimeter entfernt und der einzige Schutz, den sie hatte, war ein Haufen Obst und der stählerne Körper, der auf ihren drückte.

Ein stählerner Körper, den sie kannte. Einer, den sie berührt hatte. Mit dem sie eine verrückte Nacht verbracht hatte, als...

Der Motor donnerte und sie hustete noch eine gute Minute lang vom Auspuffgas, nachdem das Fahrzeug davongerast war.

„Hilfe! Er wurde getroffen! Er wurde getroffen!", schrie jemand.

Eine Vielzahl von Stimmen und Sprachen brach auf dem gesamten Marktplatz aus, als sich die Umstehenden langsam aus ihrer Deckung erhoben.

Der Mann rollte sich so weit, dass er sein Gewicht von ihr verlagern konnte, und schaute hinunter.

„Tuss?" Sie blinzelte.

Toussaint Louverture, aber alle nennen mich Tuss, hatte er mit seinem tiefen Bariton gesagt, der sie auf der Stelle dahinschmelzen ließ, als sie sich auf der Insel Bonaire zum ersten Mal begegnet waren.

Gott, seine Augen waren blau. Strahlend. Besorgt. Er hatte die schönste braune Haut. Und wow, riesige Schultern, wie die Polster eines Footballspielers. Aber seine Berührung war sanft. Behutsam. Warm.

„Meredith." Er starrte ihr in die Augen. Und starrte und starrte, so wie er es getan hatte, nachdem sie sich in einer magischen Nacht vor fast einem Monat geliebt hatten. Als hätte er noch nie Augen wie ihre gesehen und als wollte er sie nie wieder loslassen.

Dann blinzelte er und erwachte aus seiner Träumerei. „Geht es dir gut?"

„Ähm…" Abgesehen davon, dass sie vor Schreck sterben wollte, weil sie ihren einzigen One-Night-Stand wiedersah? „Es geht mir gut. Und dir?"

Ihr war schwindlig. Sie war atemlos – und das nicht nur vom Schreck.

Er nickte, stand langsam auf und reichte ihr die Hand.

Er zog sie so mühelos hoch, dass sie fast gegen seine Brust geprallt wäre, so wie es in jener Nacht geschehen war, in der sie es viel, viel zu weit getrieben hatte. Es war völlig untypisch für sie gewesen – sie hatte noch nie innerhalb weniger Stunden nach der ersten Begegnung mit einem Mann geschlafen, ganz egal wie süß er war. Egal, wie tief seine Stimme brummte oder wie schnell er es schaffte, sündhafte, warme Wellen durch ihren Körper zu senden. Egal, wie nett er war, wie erfrischend unerwartet oder einzigartig. So etwas tat sie einfach nicht.

Aber sie hatte es getan. Ein Mal. Mit ihm.

Und verdammt, es war schön gewesen. So schön, dass es schwierig war, sich wegen der ganzen Episode so schuldig zu fühlen, wie sie es eigentlich sollte.

„Bist du sicher, dass es dir gut geht?", fragte Tuss. Ein Echo der Worte, die er gesagt hatte, als sie sich vor so vielen Sonnenaufgängen getrennt hatten. Sie hatten an jenem Morgen stundenlang geredet und noch nie war es ihr so schwergefallen, sich von einem fast Fremden zu verabschieden.

Das passierte manchmal mit Patienten – den ganz besonderen, die ein kleines Stück ihres Herzens eroberten. Aber diese Menschen brauchten ihre Hilfe, während Tuss... Der Mann strahlte eine segeltaugliche *Ich werde dich nie im Stich lassen*-Ausstrahlung aus, die sie von der ersten Sekunde an wärmte, als sie ihn gesehen hatte.

Und plötzlich war er hier und rettete sie vor tödlichen Kugeln und rasenden Autos. Reiste er um die Welt und rettete Menschen in Not?

Eine Frau fing an zu schreien und Meredith lenkte ihre Aufmerksamkeit wieder auf den Markt am Wasser.

Moment. Wenn es Tuss gut ging, und ihr auch, wer schrie dann um Hilfe?

Kapitel 2

Tuss holte scharf Luft und versuchte, sich zu beruhigen. In einer Sekunde wurde seine Hand von der wärmsten, weichsten Berührung gestreift und sein Blick versank in den strahlendsten meerblauen Augen, die er je gesehen hatte. Sein ganzer Körper erhitzte sich und Bilder einer Nacht, die er nie vergessen würde, schossen ihm wieder durch den Kopf. Meredith, die lachte. Die ihren Kopf zur Seite neigte, um zuzuhören – wirklich zuzuhören –, als könnte sie seine Hoffnungen und Träume ebenso deutlich sehen wie er. Meredith, die ihn anlächelte und sich sicher war, dass er das alles eines Tages schaffen würde.

Dann schrie plötzlich jemand und Meredith riss sich los und schaute sich um. Ein Heulen erhob sich über der Vielzahl der Schreie und Rufe, die auf den Angriff folgten.

„Oh mein Gott! Oh mein Gott!"

Meredith schüttelte sich aus der Benommenheit, in der sie gesteckt hatte, als die Kugeln – Kugeln! – geflogen waren. Jetzt war sie ganz bei der Sache und ganz ruhig.

Die Veränderung ging so schnell wie an dem Abend, an dem sie sich kennengelernt hatten – in der einen Sekunde war sie ganz sachlich gewesen. Und im nächsten Moment voller Leidenschaft.

„Dort drüben", murmelte sie und eilte auf das Zentrum der Panik zu. Etwas in ihm brüllte, er solle sie von der Gefahr fernhalten, aber sie war ihm einen halben Schritt voraus, und eine Augenblick später...

Er erbleichte, als sie sich neben einen Mann kniete, der mit weit aufgerissenen Augen auf der Straße lag. Er war voller Blut. Sehr viel Blut.

Sein Herz stockte, denn er kannte diesen Mann. Alexei Andreiivich, der Besitzer der Megajacht, auf der Tuss arbeitete. Ein Boss, der so viele Ebenen über ihm war, dass er noch nie direkt mit diesem Mann gesprochen hatte.

Alle standen da und schauten hilflos zu, so auch die bleistiftdünne Begleiterin dieses Mannes, Alla. Eine Frau, die halb so alt wie Alexei war, und die auf dem Titelblatt eines Modemagazins hätte abgebildet werden können, würde sie nicht gerade aus vollstem Halse schreien. Nach dem, was Tuss von anderen Mitgliedern der Crew gehört hatte, hatte sie tatsächlich für große Magazine gemodelt.

Im Gegensatz zu allen anderen, die hilflos und panisch herumstanden, blieb Meredith cool und strich mit ihren Händen über Andreiivichs Arm.

„Ich bin Meredith. Wie heißen Sie?", fragte sie mit der einzigen ruhigen Stimme im Umkreis von fünf Häuserblocks.

Stimmt, sie war Ärztin. Tuss hatte sie bei ihrer ersten Begegnung für eine Schulkrankenschwester gehalten oder vielleicht eine Bibliothekarin. Ärzte hatten gewöhnlich eine gewisse Arroganz an sich, die überhaupt nicht zu Meredith passte. Aber da war sie, ganz die Expertin, absolut cool und ruhig.

Das ist Alexei Andreiivich, hätte Tuss fast gesagt. *Ein eingebildeter Mistkerl, der nichts mit einer eleganten Dame wie dir zu tun haben sollte.*

Denn Meredith hatte wirklich Klasse. Das hatte er sofort gemerkt, als er sie kennengelernt hatte. Glattes, braunes Haar, das von einer Haarspange in Schildpattoptik zusammengehalten wurde. Sie hatte eine kultivierte Art zu sprechen, mit sauberen, klaren Vokalen, genau wie seine Mutter immer darauf bestanden hatte, dass er sie benutzte. Eine Art, die Leute anzuschauen und den Kopf zu neigen, um ihnen zuzuhören. Um ihnen wirklich richtig zuzuhören.

Toussaint Louverture? hatte sie seinen Namen wiederholt, als er sich auf Bonaire vorgestellt hatte. *So wie der Freiheitskämpfer?*

Sie war eine von etwa drei Personen, die er jemals getroffen hatte, die wussten, wer sein Namensvetter war.

Meredith war klug. Hübsch. Und auf eine Weise liebenswürdig, wie es der neureiche Tycoon Alexei Andreiivich niemals sein würde, selbst wenn er alles Geld der Welt hatte.

Sie streckte den Arm nach hinten aus, ohne sich umzudrehen. „Gib mir dein T-Shirt."

Er zog es aus und reichte es ihr, obwohl es eines seiner Arbeitspolos war. Man hatte ihm vom ersten Tag an eingebläut, dass dieses Polo immer makellos sein musste. Selbst wenn er an Bord der Megajacht Öl wechselte oder Messing polierte, musste sein Poloshirt makellos bleiben. Sobald ein Fleck auftauchte, musste er es ausziehen und durch ein anderes ersetzen. Es würde stets über gebügelten marineblauen Shorts getragen. Eine perfekte Uniform für die perfekte Crew einer perfekten Megajacht.

Nur dass der Big Boss vielleicht sterben würde, also dachte er sich, dass dies die einzige Ausnahme von einer ansonsten unumstößlichen Regel sein könnte. Außerdem brannte er schon seit seinem ersten Arbeitstag darauf, diese Regel – wie so viele andere auch – einmal zu brechen.

„Ruhig atmen", befahl Meredith ihrem Patienten, während sie ihm das Polo um den Arm wickelte.

Tuss unterdrückte ein Schnauben. Er würde wetten, dass der russische Milliardär nie ruhig atmete, nicht einmal im Schlaf.

„Er stirbt", jammerte Alla mit der gleichen schrillen, theatralischen Stimme, die sie immer für alles benutzte.

„Seien Sie still", schnauzte Meredith.

Allas Kinnlade klappte auf und Tuss lächelte. Er hatte noch nie gehört, dass jemand Alla den Mund verbot, außer vielleicht Andreiivich selbst.

„Entschuldigen Sie", rief Meredith einem Mann in zerlumpten Shorts zu. „Haben Sie ein Handy?"

„Sicher doch, Mon."

„Sie müssen einen Krankenwagen rufen, okay?" Dann wandte sie sich an einen anderen Mann. „Und Sie – halten Sie die Leute fern. Wir brauchen Platz."

Und so machte sie weiter, indem sie mit einem Tonfall schnelle, effiziente Befehle erteilte und mit einem anderen beruhigende Worte an ihren Patienten richtete, während sie gleichzeitig auf seinen Arm drückte, um den Blutfluss zu stoppen. „Liegen Sie still. Ihre Oberarmarterie ist verletzt."

Andreiivich stöhnte und wälzte sich von einer Seite auf die andere.

„Liegen Sie still oder Sie werden verbluten."

Die Kulleraugen des Russen wurden noch größer, aber er hielt still.

„Ich muss die Kompression aufrechterhalten, bis ein Krankenwagen kommt."

Tuss schaute sich um und fragte sich, ob es in Grenada überhaupt einen Notdienst gab.

„Oh mein Gott", jammerte Alla. „Was ist, wenn er stirbt?"

Tuss rollte mit den Augen, aber die Antwort lag ihm auf der Zunge. *Dann wirst du dir einen neuen Sugar Daddy suchen müssen.*

Meredith spitzte die Lippen, gab jedoch keinen Kommentar ab. Sie war die Ruhe im Auge des Sturms, während sich eine Menschenmenge um sie scharrte, die murmelte und die Köpfe schüttelte. Selbst als ein Polizeiwagen mit heranstürmenden Beamten eintraf, um den Tatort zu sichern, blieb Meredith cool und gelassen und bestand darauf, dass der Verletzte nicht auf den Rücksitz eines Autos geworfen werden durfte. Als schließlich ein Krankenwagen eintraf, übergab sie ihren Patienten in letzter Sekunde und ließ die Hand eines Sanitäters an die Stelle gleiten, auf die ihre gedrückt hatte.

Lichter blitzten auf, das Martinshorn ertönte und ein paar Hände klopften Meredith auf den Rücken. Ein Verkäufer führte sie zu einem Wasserhahn, damit sie sich die Hände waschen konnte.

„Meine Tasche. Meine Einkäufe", murmelte Meredith und schaute sich um. Und einfach so wurde aus Superwoman wieder eine Normalsterbliche. Sie sorgte sich um ihre Habseligkeiten, bedankte sich bei allen und wich Tuss' Blicken aus. Aber als er ihr schließlich in die Augen sah, blieb sie stehen und er auch. Die wilde Chemie, die sie beide von Anfang an zusammengeführt hatte, fing wieder an, um sie herumzuschwirren.

Er wollte sie zu einem schattigen Plätzchen führen und sich mit ihr hinsetzen. Ihr einen Kaffee spendieren. Vielleicht sogar ihre Hand halten. Aber vor allem wollte er reden – wirklich reden.

Er starrte sie einen Moment lang an und zog sie dann in eine Umarmung, denn sie sah so aus, als hätte sie eine nötig. Seine nackte Brust berührte ihr Blut verschmiertes Oberteil, aber das spielte keine Rolle – nur die Berührung war wichtig.

Himmel, das war knapp gewesen. Was, wenn sie getötet worden wäre?

Sie umarmte ihn zurück und vielleicht dachte sie dasselbe. Als er über ihr seidiges Haar strich, verflog die aufgewühlte Sorge. Es ging ihr gut. Und verdammt, sie passte so perfekt in seine Arme. Es war, als würden sie sich schon eine lange Zeit kennen.

Ich brauchte keine Zeit, um zu wissen, dass dein Vater der Richtige war, pflegte seine Mutter zu lachen. *Ich wusste es einfach.*

Tuss schloss die Augen und ließ alles außer Merediths sanfter Berührung aus dem Blickfeld verschwimmen. Es gab nur noch ihn, sie und diese leise summende Kraft, die ihn jedes Mal überwältigte, wenn er sie berührte. Die kleinen Funken, das Gefühl, als würde die Sonne hinter einer Wolke hervorkommen. Das unerklärliche Verlangen, sie zu küssen und in Besitz zu nehmen.

„Tuss", bellte eine strenge Stimme eine Minute später und riss ihn mit einem scharfen Atemzug in die Realität zurück.

Meredith wich zurück und das Blut rauschte in seinen Ohren. Wer zum Teufel besaß die Frechheit, einen solchen Moment zu stören?

Er drehte sich um und sah Sandra, die Schiffsköchin, mit den Fingern schnippen. Sie hatte ihn auf den Markt geschleppt, um dabei zu helfen, die Zutaten zu tragen, mit denen sie so tat, als sei ihre Küche regional, obwohl die meisten Köstlichkeiten, die dem Jachtbesitzer und den Gästen des Schiffes serviert wurden, eingeflogen wurden.

„Wir müssen los", schnauzte Sandra.

Er wollte mit dem Fuß aufstampfen und *Nein* brüllen. Er wollte knurren, weil sie ihn so herumkommandierte. Er arbeitete vielleicht für Sandra, aber er gehörte ihr nicht. Außerdem bezweifelte er, dass der Big Boss heute Abend für sein Sechs-Gänge-Menü wieder an Bord sein würde.

Zum hundertsten Mal in drei Wochen fragte er sich, warum er sich mit den Arschlöchern abgab, mit denen er arbeitete. Aber er sagte nichts. Dieser beschissene Job war das Mittel zu einem edlen Zweck und er hatte vor langer Zeit gelernt, was Selbstbeherrschung bedeutete.

„Geht es dir gut?", fragte er Meredith.

„Alles in Ordnung." Sie nickte so schnell, dass er ihr kein einziges Wort glaubte.

„Tuss!", brüllte Sandra.

„Es geht mir wirklich gut", sagte Meredith und schenkte ihm ein schmales Lächeln. „Ich stecke in der Notaufnahme ständig bis zu den Ellbogen in Blut."

Das konnte er glauben. Aber es war nicht das Blut, womit sie Hilfe brauchte. Es war etwas anderes. Etwas, das er nicht ganz festmachen konnte, genau wie bei ihrer ersten Begegnung. Es war das, was sie so liebenswert und verführerisch für ihn machte.

„Tuss!", kreischte Sandra ein weiteres Mal. Sogar Meredith zog eine klitzekleine Grimasse.

„Schön, dich wiederzusehen", flüsterte sie.

„Schön, dich zu sehen." Er nickte und riss sich dann von ihr los. In der Sekunde, in der ihre Hand aus der seinen glitt, wurde sein Herz schwer in seiner Brust.

„Um Himmels willen, Mann", zischte Sandra, als sie ihm einen Beutel mit Lebensmitteln in die Arme drückte. „Was hast du mit deinem Polo gemacht?"

Kapitel 3

Meredith saß im Cockpit der *Serendipity*. Sie steckte ellbogentief in ihrem Wäscheeimer und grübelte vor sich hin. Sechs Tage waren seit der Schießerei vergangen und in der Gerüchteküche der Segelgemeinschaft hatte es die ganze Zeit über wilden Klatsch und Tratsch gegeben.

Wusstest du, dass der Russe ein Milliardär ist?

Ein Milliardär mit dubiosen Geschäften, wenn du mich fragst.

Vielleicht macht er auch nur Urlaub auf seiner Megajacht.

Darüber hatten alle in der Strandbar gelacht. *Kriminelle machen keine Pausen. Weißt du das nicht?*

Ich frage mich, was die örtlichen Drogenbosse davon halten, dass ein russischer Mafioso in ihrem Revier auftaucht?

Wie Duarez? Ich würde den Russen gern mal gegen ihn antreten sehen.

Meredith hatte darüber nur mit den Augen gerollt. Duarez, ein venezolanischer Gangsterboss, war seit der Schießerei auf Seite zwei der Zeitungen gedrängt worden. Er war die Art von Mann, der hinter den Straßenverbrechen steckte, die sie immer wieder in der Notaufnahme behandelt hatte.

Vielleicht machen der Russe und der Venezolaner Geschäfte zusammen, scherzte jemand.

Nennt es ein Joint Venture!

All das erschien ihr weit hergeholt.

Und so sehr sie sich auch bemühte, die ganze Sache zu vergessen, blieb ihr ein anderer Aspekt des Vorfalls genau im Gedächtnis. Sie hatte den größten Teil des Nachmittags – okay, der ganzen Woche – mit einem einzigen Bild im Kopf verbracht. Mit dem Bild eines Mannes.

Nicht von Marco, dem Mann, der ihre Emotionen stets quälend heimsuchte, vor allem, wenn sich sein Todestag näherte. Nicht das Bild des blutigen Russen, der inmitten der Trümmer des Marktplatzes lag. Sie dachte auch nicht an die zischenden Kugeln, die quietschenden Reifen und die schreienden Stimmen.

Nein, sie war voll und ganz auf das Bild von Tuss fixiert, der neben ihr inmitten der Trümmer des Marktplatzes stand und sie mit diesen unmöglich blauen Augen ansah. Tuss, der eine gebügelte marineblaue Shorts und ein weißes Poloshirt trug – dann nur noch die gebügelte marineblaue Shorts und eine nackte Brust, nachdem er ihr sein Polo gegeben hatte. Tuss, der sie so musterte, wie er es getan hatte, als sie sich kennenlernten: fasziniert. Neugierig. Interessiert. Aufrichtig.

Und auch muskulös. Sehr, sehr muskulös. Fast wie von einem Künstler gemeißelt, der stundenlang kleine Muskelstränge in seine Gliedmaßen gehauen hatte.

Er hatte ihr also das Leben gerettet. Und er hatte ihr tief in die Augen geschaut – vorbei an den Geistern, vorbei an der Schuld und vorbei an der Traurigkeit – und ihr das Gefühl gegeben, lebendig zu sein. Was war also dabei, wenn seine sanfte Berührung noch immer ihre Träume heimsuchte?

Sie war an dem Abend, an dem sie sich in einer Strandbar auf Bonaire kennengelernt hatten, ein wenig beschwipst gewesen. Das war das Problem. Und auch ein wenig einsam. Vielleicht auch etwas infiziert von all den sexuellen Pheromonen, die ihre Schwester ausstrahlte, die Ryan morgens, mittags und abends vögelte. Nicht, dass Meredith ihrer Schwester den Spaß oder ihren Mann nicht gönnte. Ryan war großartig und Mia hatte ihn nach allem, was sie durchgemacht hatte, verdient. Aber irgendwie war etwas von dieser sexuellen Energie auf Meredith übergesprungen und hatte ein schwelendes Bedürfnis entfacht, das in dem Moment, in dem sie anfing, mit Tuss zu tanzen, in ein brennendes Inferno ausbrach.

Er war auch ein barfüßiger Segler, genau wie sie, der auf dem Boot eines Dänen anheuerte. Sie waren sich vor diesem Abend schon oft genug über den Weg gelaufen, so dass er sich vertraut und sicher anfühlte. Als sie einen Strandspaziergang vorgeschlagen hatte, hatte sie eigentlich nicht Sex im Sinn gehabt, sondern vielmehr ein gutes, langes Gespräch. Darüber, wer er war, woher er kam und wohin er wollte. Er hatte sie von Anfang an fasziniert. Worum ging es bei all den Träumen, die in seinen Augen strahlten?

„Meine Mutter ist aus Haiti, mein Vater stammt aus Dänemark..."

Er hatte sie von Anfang an gefesselt und von da an wurde es nur noch besser.

„In dem Jahr, als wir in Ägypten lebten..."

Es ging nicht so sehr um die Sehenswürdigkeiten und Eindrücke der Orte, an denen er gelebt und die er bereist hatte, sondern um den Einfluss, den sie auf ihn gehabt hatten.

„Es gab eine Familie, die bei uns um die Ecke wohnte, und als der Vater krank wurde..." Keine seiner Geschichten handelte von vornehmen Klubs, todesmutigen Stunts oder Bergbesteigungen. Es ging bei allem um Menschen.

„Die Frau, die den Zeitungsstand an der Ecke betrieb, hatte vier Kinder, und nur das älteste ging zur Schule..."

Er sprach fünf Sprachen. Er hatte auf drei Kontinenten gelebt. Er hatte acht verschiedene Schulen besucht.

„In Haiti gab es einen Waisenjungen, der mir sehr ähnlich war – aber er war überhaupt nicht wie ich. Er putzte Schuhe für einen Penny pro Stück. Hast du es schon jemals mit Schuhputzen versucht?"

Sie schüttelte den Kopf. „Meine Mutter hat mich dazu gezwungen, einen Tag lang – einen mickrigen Tag – und die Art, wie die Leute dich behandeln..." Er verstummte und schüttelte den Kopf.

Dieser Mann hatte Herz. Seele. Mitgefühl. Er hatte nicht geprahlt oder versucht, sie zu beeindrucken. Sie hatte ihm die Geschichten entlocken müssen – und das tat sie auch, den ganzen Weg den Strand hinunter zu einer abgelegenen Felsengruppe, wo sie sich setzten und die Sterne betrachteten, während sie sich in der lauen Nachtbrise langsam näherkamen. Als ihre Hüfte an seine stieß und ihre Hände sich berührten, war das nicht im Geringsten unangenehm. Es fühlte sich völlig natürlich an. Leicht. Gut. Und plötzlich starrten sie nicht mehr in die

Sterne, sondern in die Augen des anderen und beugten sich zu einem Kuss vor.

Tuss' Kuss entzündete einen Funken am Ende einer Zündschnur, von der Meredith nicht gewusst hatte, dass es sie gab. Sie war diejenige, die sich an ihn schmiegte, und ehe sie sich versah, lagen sie verschwitzt und nackt im Sand.

„Bist du sicher?", hatte Tuss, ganz der Gentleman, gefragt.

In seinen Augen blitzte jedoch ein Hunger auf, der ganz und gar piratenhaft war, und sie hatte seine Hände wieder zu ihrem Körper geführt.

„Ich bin mir sicher", hatte sie erklärt und es mit einem weiteren Kuss untermauert.

Es war einer dieser seltenen Momente, in denen sie sich ihrer Sache absolut sicher gewesen war. Momente, die sie nur dann erlebte, wenn sie als Ärztin tätig war – wenn sie wusste, wie gut sie war. Außerhalb der Arbeit fiel es ihr immer schwer, sich selbst zu vertrauen.

Aber nicht in der Nähe von Tuss und schon gar nicht in jener Nacht.

Pure Glückseligkeit. Jedes Mal, wenn sie ihren Kopf zu den Sternen neigte und sich an diese tropische Nacht erinnerte, musste sie lächeln.

Aber jedes Mal, wenn sie ihre Gedanken zurück zu Marco lenkte, meldeten sich ihre Schuldgefühle. Sie hatte ihrer ersten Liebe versprochen, dass sie ihm für immer treu bleiben würde. Was tat sie also, einen anderen Mann zu begehren?

„Leben. Lieben. Dich zur Abwechslung einmal amüsieren", hatte ihre Schwester damals auf Bonaire zu ihr gesagt. „Es wird Zeit, dass du über Marco hinwegkommst."

Sie war über Marco hinweg. Sie war sich nur nicht sicher, wie sie noch einmal von vorne anfangen sollte.

„Marco war ein egoistischer Idiot", hatte Mia hinzugefügt und ihr Schweigen falsch interpretiert.

„Marco war krank", hatte sie geschrien – und Marco verteidigt, so wie sie es immer tat. „Es war nicht seine Schuld."

„Nun, es war ganz sicher auch nicht deine Schuld", hatte Mia zurückgeschossen.

Nein, Marcos Selbstmord war nicht ihre Schuld. Aber es hatte Jahre gedauert, bis sie das begriffen hatte.

„Du warst nicht einmal da", sagte Mia.

Das war es ja, was sie so lange gequält hatte. Sie war nicht da gewesen, als Marco sie am meisten brauchte. Sie war aufs College gegangen, während er in ihrer Heimatstadt zurückgeblieben war. Und obwohl sie ihn jedes Mal besucht hatte, wenn er anrief, um zu sagen, wie sehr er sie brauchte, musste sie in dieser Woche für Prüfungen lernen. *Prüfungen*, als wären die wichtiger gewesen als er.

„Du warst neunzehn, Mer", sagte Mia.

Ja, das war sie. Zu jung, um so viel Schuld auf ihren Schultern zu spüren. Naiv genug, um zu glauben, sie hätte es kommen sehen und irgendwie verhindern können. Marcos Depression war eine Krankheit, die nicht leicht zu heilen war. Das wusste sie jetzt. Aber es war ein langer, einsamer Weg zu dieser Erkenntnis gewesen, und sie hatte noch einiges an Heilung vor sich.

Sie holte tief Luft und schaute auf die Bucht, in der sie vor Anker lag. Mia hatte recht. Es war an der Zeit, weiterzumachen. Und sie hatte es versucht. Aber es war ihr nicht wirklich gelungen, bis sie Tuss getroffen hatte.

Und verdammt, da war es wieder – das Bild von Tuss auf dem Marktplatz, schockiert, sie wiederzusehen. Der Schock hatte sich in Staunen verwandelt und aus dem Staunen war Freude geworden. Echte Freude, denn die Augen tanzten nicht so, wenn die Seele es ihnen nicht befahl. Und als er sie umarmt hatte, war für einen Moment alles verschwunden – der Lärm, die umgestürzten Marktstände, die Sirene des abfahrenden Krankenwagens. Seine Arme bildeten einen schützenden Wall um sie und es hatte sich so richtig angefühlt, sich dahinter zu verstecken.

Sie saß im Cockpit der *Serendipity*, quirlte Wasser in dem Eimer zwischen ihren Füßen und wrang schließlich die Wäsche aus, über der sie schon viel zu lange gebrütet hatte. Genug geträumt. Sie musste sich um ein Boot kümmern und Pläne schmieden. Sobald der Wind sich drehte, würde sie mit der *Serendipity* in ein ganz neues Abenteuer aufbrechen.

Ein Abenteuer, das ihr eine Heidenangst einjagte, denn allein zu segeln war etwas völlig anderes als mit ihrer Schwester, ihrem Großvater oder ihren Cousins.

Sie spritzte sich etwas Wasser ins Gesicht und drückt die Schultern durch. Es gab eine kleine Inselgruppe vor der nordwestlichen Ecke von Grenada, die sich wie der perfekte Ort anhörte, um ihre Sorgen hinter sich zu lassen. Sie hätte schon vor Tagen den Anker gelichtet, wären da nicht die nordöstlichen Winde gewesen, wegen denen die *Serendipity* in der gemütlichen Bucht von Prickly Bay verharren musste.

Gerade als sie ein T-Shirt auswringen wollte, klingelte ihr Handy. Sie eilte in die Kajüte und dann zurück ins Cockpit, wo der Empfang besser war. Vielleicht war es ihre Mutter, die anrief, oder sogar ihre Schwester, die sich in ihrem neuen Leben in New York eingelebt hatte.

„Hallo?"

„Miss Whitman? Oder sollte ich sagen, Dr. Whitman?", fragte eine Stimme mit Akzent.

Kein beschwingter, karibischer Akzent, sondern ein starker, osteuropäischer.

„Ja, das bin ich."

Sie klemmte sich das Telefon zwischen Schulter und Kinn und wrang ihre Wäsche aus. Die Wäsche von Hand zu waschen war einer der wenigen Nachteile des Lebens auf einem kleinen Segelboot. Der Vorteil? Schnelles Trocknen und ein frischer Duft dank der tropischen Sonne.

„Mr. Alexei Andreiivich möchte Ihnen persönlich dafür danken, dass Sie ihm das Leben gerettet haben. Er bittet Sie, ihm heute Abend beim Essen Gesellschaft zu leisten."

Sie blinzelte ein paar Mal und es verschlug ihr die Sprache. Der russische Milliardär, den sie gerettet hatte, lud sie zum Abendessen ein?

Moment mal. Was, wenn er wirklich eine Art Verbrecherboss war?

Plötzlich wünschte sie sich, sie hätte dem Klatsch und Tratsch der letzten Woche mehr Aufmerksamkeit geschenkt, obwohl es ihr damals nicht wichtig erschienen war. Sie hatte ein Boot zu segeln und Inseln zu besuchen. Abenteuer zu erleben. Und sie musste versuchen, Mr. Groß, Mysteriös und Muskulös aus ihrem Gedächtnis zu streichen.

Das bedeutete, dass sie die letzten Tage damit verbracht hatte, die Decks zu schrubben, die Reling zu polieren und in ihrer Freizeit Reiseziele zu recherchieren, anstatt über russische Milliardäre zu spekulieren.

„Abendessen? Heute?"

„Heute Abend. Mr. Andreiivich wird einen Wagen schicken."

„Aber... aber..."

Eine quälende Stimme warnte sie, Nein zu sagen, aber ein anderer Teil von ihr hielt an der Idee fest. Sie hatte Dutzende von schicken Megajachten von außen gesehen, war aber noch nie auf einer gewesen. Wann würde sie wieder Gelegenheit dazu bekommen?

Sie warf einen Blick auf die winzige Kombüse in der Kajüte der *Serendipity*. Wenn die Vorhersage stimmte, würde der Wind sich bald drehen und sie würde zu ihrem allerersten Solo-Segelausflug aufbrechen. Sie hatte in der vergangenen Woche viele einsame Abendessen verbracht und hatte noch viele weitere vor sich. Es wäre doch dumm, ein Abendessen auf einer schicken Jacht auszuschlagen, nicht wahr?

„Mr. Andreiivich wäre sehr enttäuscht, wenn Sie nicht kommen können."

Der Ton des Mannes vermittelte den deutlichen Eindruck, dass sein Boss so etwas nicht duldete.

Mias Stimme hallte in ihrem Kopf wider. *Lebe ein bisschen, Mer.*

„Nun..." Meredith stotterte und schaute auf die Uhr in der Kajüte. Ihr Blick blieb auf dem Kalender daneben hängen und ihr Atem stockte. Es war der Abend des sechzehnten – des Jahrestages des schlimmsten Tages ihres Lebens, als Marcos Mutter angerufen hatte, um ihr die schreckliche Nachricht mitzuteilen.

Meredith schloss die Augen, als eine Möwe in der Nähe ein klagendes Lied anstimmte. Dieses Jahr war sie fest entschlossen, den sechzehnten nicht in einer trüben Stimmung zu verbringen. Ein Abendessen auswärts war genau die Ablenkung, die sie brauchte.

Sie schaute auf ihren Wäscheeimer. Milliardäre wuschen ihre Wäsche ganz sicher nicht mit der Hand. Ein kleiner Einblick in einen glamourösen Lebensstil wäre genau das Richtige, um sie von Tuss abzulenken.

Ähm, von Marco. Sie meinte, um sich von Marco abzulenken, richtig?

„Das wäre sehr schön", sagte sie.

Einen Moment später war alles arrangiert und als sie auflegte, starrte sie eine Weile vor sich hin. Hatte sie gerade Ja gesagt?

Wow, das hatte sie wirklich.

Dann fiel ihr etwas auf. Wie hatte der Russe sie ausfindig gemacht? Nun, russische Milliardäre hatten wahrscheinlich die Mittel, so ziemlich alles aufzuspüren. Die Polizei hatte ihre Nummer aufgeschrieben, also konnte es nicht sonderlich schwer gewesen sein.

Sie strich sich mit der Hand über die Haare und stand dann schnell auf. Gott, sie sollte sich besser beeilen. Sie war ein Chaos.

Zwei Stunden später schloss sie die Kajüte ab und machte sich mit dem Schlauchboot auf den Weg zum Ufer. Ein glänzender Mercedes stand neben zwei ramponierten Minibussen am Straßenrand und glänzte wie ein Diamant inmitten stumpfer Steine. Meredith machte ihr Beiboot fest, schnappte sich ihre Schuhe und glättete ihr Kleid, bevor sie verlegen die Rampe hinaufging, die mit zwei Schildern gekennzeichnet war: *Keinen Müll abladen* und *Grenada sauber halten.*

„Dr. Whitman." Der Mann, der sie am Dock erwartete, verbeugte sich leicht. Er trug ein weißes Poloshirt über einer marineblauen Hose und irgendetwas an seinem Outfit kam ihr bekannt vor.

„Hallo." Meredith fummelte an ihrem Rucksack herum. *Doktor* klang so förmlich nach Wochen unter barfüßigen Seglern, die selten nach Berufen fragten. Und wenn *Doktor* sich förmlich anfühlte, war eine Verbeugung superförmlich. Und ihr

Kleid war so schlicht. Wem wollte sie etwas vormachen, wenn sie heute Abend auf einer schicken Jacht zu Abend aß?

Ein zweiter Mann tauchte auf der anderen Seite des Wagens auf. In der Hand hielt er eine fast bis zum Stummel gerauchte Zigarette. Er nahm einen letzten Zug, so dass die Spitze rot glühte, dann ließ er sie fallen und trat sie mit dem Absatz im Schmutz aus.

So viel zum Thema, Grenada sauber zu halten.

„Popov. Yuri Popov", sagte der Mann und musterte sie. Ihre Nackenhaare stellten sich auf. Sein Gesicht war vernarbt, die Nase schief. Der Anzug, den er trug, war in der tropischen Umgebung ebenso fehl am Platz wie das Fahrzeug. „Bereit?" Es war eher ein Befehl als eine Frage.

Sie nickte und stieg in den Wagen. Die Tür schlug hinter ihr zu wie ein seltsam vorahnungsvolles Geräusch.

„Wohin fahren wir?", wagte sie, zu fragen, als sie losfuhren.

„Mr. Andreiivichs Jacht liegt im Jachthafen an der Lagune."

Sie nickte knapp. Die Lagune war Teil des Hafens von St. George's, was bedeutete, dass sie dieselbe Strecke zurücklegen würde wie am Tag der Schießerei, obwohl es sich dieses Mal ganz anders anfühlte. Es dröhnte keine Reggae-Musik aus den Lautsprechern. Es wehte auch keine Meeresbrise herein, denn die getönten Scheiben waren geschlossen und die Klimaanlage eingeschaltet. Die Kinder am Straßenrand winkten oder lächelten heute nicht. Sie beobachteten das vorbeifahrende Fahrzeug mit stummem Misstrauen in ihren Augen.

Meredith rutschte auf ihrem Ledersitz hin und her. Vielleicht würde sie für die Rückfahrt einen Taxibus nehmen.

Fünfzehn Minuten später hielt der Mercedes neben einer Motorjacht, die so groß, so schick und so poliert war, dass sie hätte denken können, sie gehörte einem Scheich. Oder einem Filmstar.

Oder einem reichen Mafioso, sagte die Skeptikerin ihr.

„Hier entlang, bitte."

Sie atmete ein wenig aus. Falsches Boot. Popov winkte sie zum Ende des Docks, wo ein kleines Boot wartete.

„Dort ist sie." Popov winkte hinaus in die Bucht. „*Tsareva*, die Jacht von Mr. Andreiivich."

Meredith blieb wie angewurzelt stehen. Die *Tsareva* war noch größer als das Boot am Kai. Sie hatte vier Decks und einen Hubschrauber auf dem Dach. Sie war so groß, dass sie nicht einmal an die Anlegestelle passte.

Stattdessen lag sie in einem Bereich, der für Kreuzfahrtschiffe genutzt wurde.

„Schieß mich tot", murmelte sie.

„Was haben Sie gesagt?", fragte Popov.

„Schönes Boot", sagte sie schnell, um es zu überspielen, und ging, wie sie hoffte, lässig weiter.

Das Boot, mit dem die Passagiere zur Megajacht gebracht wurden, war groß genug, um ein Dutzend Gäste zu befördern. Es gab ein Gestell für Pressluftflaschen zum Tauchen an einer Seite – wenn ihre Schwester Mia das nur sehen könnte – und eine zweiköpfige Besatzung. Zwei Mann Besatzung nur für das Shuttleboot! Wie viele arbeiteten dann auf der Jacht?

Einer der Mitarbeiter stand am Steuer und trug ein weißes Polohemd und eine gebügelte marineblaue Shorts. Genau wie der zweite, der mit einem Tuch über die Sitze wischte, bevor er sich umdrehte und ihr die Hand reichte.

Meredith blieb wie erstarrt stehen. Tuss?

Er richtete sich ruckartig auf und war ebenso sprachlos.

Meredith? fragten seine tiefblauen Augen.

Sie hatte ihn seit der Schießerei nicht mehr gesehen. Er war verschwunden, nachdem sich die Lage beruhigt hatte, und sie war so sehr damit beschäftigt gewesen... nun ja, nicht an ihn zu denken. Denn Affären sollte man genießen und dann vergessen, nicht wahr?

„Hmt-hmm." Popov räusperte sich hinter ihr.

Tuss' Augen blitzten auf, aber eine Sekunde später hatte er bereits wieder einen völlig neutralen Gesichtsausdruck aufgesetzt, so als wären sie sich nie begegnet. Ein Zeichen für sie, dasselbe zu tun?

„Soll ich Ihnen an Bord helfen?", fragte Popov. Fast schon fordernd.

Sie griff nach Tuss' ausgestreckter Hand anstelle von Popovs und stieg über die Lücke. Als ihre Hände sich berührten, zuckten kleine Blitze durch ihre Adern. Ohne nachzudenken, verschränkte sie ihre Finger in seinen. Ihre Körper berührten sich und tausend mitternächtliche Fantasien schossen ihr durch den Kopf. Ihr Puls überschlug sich und fing an zu rasen.

Tuss' unbeweglicher Kiefer signalisierte Vorsicht, also murmelte sie nur ein kurzes *Danke schön*, bevor sie sich widerwillig entfernte. Sie nahm auf einem vorwärts gerichteten Sitz Platz, während er sich stumm auf dem Boot zu schaffen machte.

Tuss arbeitete auf Andreiivichs Jacht?

Als sie Tuss kennengelernt hatte, war er an Bord eines dänischen Segelboots gewesen. Und Junge, damals hatte er viel entspannter ausgesehen. Jetzt wirkte er angespannt, besorgt. Aber er hatte gesagt, dass er die Karibik aus so vielen Blickwinkeln wie möglich erleben wollte, und vielleicht hatte er sich deshalb für die Megajacht gemeldet.

Ich möchte in den nächsten vier Monaten so viel wie möglich von der Karibik sehen, hatte er in jener Nacht am Strand gesagt, als sie sich kennengelernt hatten. *Ich habe für den nächsten Herbst einen Job für eine Organisation in Aussicht, die sich auf Mikrokredite in karibischen Entwicklungsländern spezialisiert.*

Seine Augen hatten geglänzt, als er das sagte, und sie konnte sehen, wie er davon träumte, Menschen zu einem besseren Leben zu verhelfen.

Und wer weiß? Vielleicht finde ich sogar einen Job auf einer Megajacht. Sie bringen viel Geld auf die Inseln und es wäre interessant herauszufinden, wie kleine Unternehmen davon profitieren könnten.

Er hatte mit einem verlegenen Blick geschwiegen. *Entschuldigung. Ich lasse mich ein wenig hinreißen.*

Das war genau das, was sie an ihm mochte. Den Idealismus. Die Leidenschaft. Die Fähigkeit zu träumen.

Plötzlich wünschte sie sich, sie würde nicht auf der Jacht zu Abend essen, sondern mit Tuss an Land gehen. Sie würde irgendein billiges Essen zum Mitnehmen und eine Stunde Unterhaltung mit Tuss über einen ganzen Abend – oder besser noch eine ganze Woche – an Bord der vornehmsten Jacht der Welt vorziehen. Sie würde ihm all die Fragen stellen, für die sie vorher keine Zeit gehabt hatte, und die ganze Zeit über seine Hand halten. Sie würde auf sein Lächeln achten, das in seinen Augen anfing und sich über seine Lippen ausbreitete – Lippen, die sie sich unweigerlich auf ihrem Mund und ihrer Haut vorstellte.

Ihre Wangen wurden heiß und sie wandte den Blick von ihm ab.

Mit heulendem Motor zischte das Motorboot von der Anlegestelle weg. Jetzt war es zu spät, um das Abendessen abzusagen. Meredith klammerte sich an ihrem Sitz fest.

Die unerwartete Brise ließ sie frösteln. Dann stand sie auf, als das Boot sich der Heckplattform näherte. Ein kräftiger Mann mit braunem Bart – Andreiivich – schaute von einem Deck auf sie herab und breitete seine Arme aus. Nun, er breitete einen Arm aus. Der bandagierte Arm blieb an seiner Seite.

„Willkommen an Bord."

Sein Winken hatte etwas Königliches an sich. Begrüßte Andreiivich alle seine Gäste, indem er auf sie herabschaute?

„Hallo." Sie sprang an Bord und ignorierte Popovs ausgestreckte Hand.

Ein Angestellter mit weißen Handschuhen begleitete sie die geschwungene Treppe hinauf, die im hinteren Teil der Jacht eingebaut war. Erst als Meredith auf halber Höhe war, bemerkte sie, dass Tuss sie nicht begleitet hatte. Als sie einen Blick zurückwarf, war Popov zwischen sie getreten und hatte jede Hoffnung auf einen Rückzug zunichtegemacht.

Sie gingen weiter die opulente Treppe hinauf und Meredith hatte sofort Heimweh nach dem kleinen gemütlichen Raum der *Serendipity*.

„Meine liebe Dr. Whitman." Andreiivich drückte ihre Hand. „Wie schön, Sie als meinen Gast zu begrüßen."

Ihr entging nicht, dass er die Betonung auf *meinen* legte. Offensichtlich hatte der Mann eine Schwäche für Besitz und Macht.

„Es ist schön zu sehen, dass Sie sich erholen", sagte sie.

Der Angestellte verschwand aus dem Blickfeld und wurde von Andreiivich völlig ignoriert. Behandelte der Milliardär alle seine Angestellten wie unsichtbare Niemande? Behandelte er Tuss auf diese Weise?

„Ich muss mich richtig bei Ihnen dafür bedanken, dass Sie mir das Leben gerettet haben", sagte ihr Gastgeber mit seinem starken, russischen Akzent und führte sie eine weitere Treppe hinauf zum nächsten Deck.

„Ich habe nicht... Ich meine... Wow." Sie starrte auf den großen Springbrunnen mit der Venusstatue, die den offenen Raum zierte.

Andreiivich ging daran vorbei zu einer Open-Air-Bar und winkte dem Barkeeper zu, der anscheinend den ganzen Tag darauf gewartet hatte, dass sein Boss vorbeikommen und nach einem Drink verlangen würde.

Andreiivich schnippte mit den Fingern. „Zwei Champagner."

Meredith spitzte die Lippen. Champagner war in Ordnung, aber es wäre nett gewesen, wenn man ihr eine Wahl gelassen hätte. Sie lächelte den Barkeeper an, der einen völlig neutralen Gesichtsausdruck behielt, genau wie Tuss es getan hatte.

„Ein Toast auf die gute Ärztin", verkündete Andreiivich vor einem unsichtbaren Publikum.

„Ähm... Auf Ihre Gesundheit."

„Ich kann meine Dankbarkeit gar nicht genug ausdrücken." Andreiivich spitzte nach einem Schluck Champagner die Lippen. „Aber erlauben Sie mir, es zu versuchen."

„Wirklich, das ist nicht..." Meredith protestierte vergeblich. Er hatte sie bereits im Schlepptau. Andreiivichs Art, seine Dankbarkeit auszudrücken, war eine lange, prahlerische Tour durch die Jacht.

„Der Speisesaal... Billardraum... Raucherzimmer..." Er zählte einen Bereich der Jacht nach dem anderen auf, die alle in schweren Gold-auf-Gold-Tönen dekoriert waren. „Das Sonnendeck..."

Auf dem Sonnendeck gab es einen Pool, der groß genug war, um die *Serendipity* darin schwimmen zu lassen. An den Seiten des Schiffes hätte man ein Vollblutpferd die Gänge entlanggaloppieren lassen können.

„Der Fitnessraum", sagte er und hielt inne, damit sie ihn bewundern konnte.

Meredith nickte wie aufs Stichwort. „Wow."

„Es wurden keine Kosten gescheut", sagte er, wie er es in fast jedem Raum getan hatte.

„Zwei Zweitausend-PS-Motoren... Satellitenverbindung... Gästequartiere..."

Sie entdeckte einen Leopardenfellteppich, einen Aufzug und eine vergoldete Toilette.

„Es wurden keine Kosten gescheut", fuhr Andreiivich fort.

Ja, den Teil hatte sie verstanden.

„Weinkeller..."

Die *Tsareva* hatte einen Weinkeller? Auf der *Serendipity* gab es dafür eine stinkende Luke.

„Natürlich", murmelte sie und folgte ihm.

„Sauna..."

Sie konnte die spottende Bemerkung ihrer Schwester regelrecht hören. *Wir haben auch eine. Man muss an einem sonnigen Tag nur alle Luken schließen und schon kommt man ins Schwitzen.*

Gott, es wäre schön gewesen, wenn Mia und Ryan jetzt bei ihr wären. Die Führung wurde zu einem Vortrag – und setzte sich bis zum Abendessen fort.

Der erste Gang war eine Hummerschwanzsuppe, die an einem Tisch serviert wurde, an dem zwölf Personen Platz gehabt hätten, obwohl nur drei anwesend waren: Andreiivich, Meredith und Alla, die dürre ... Freundin des Milliardärs? Trophäe? Betthäschen? Meredith hatte Mühe, eine passende Beschreibung zu finden, während Alla mit ihrem Essen spielte, ohne jemals einen Bissen zum Mund zu führen.

Zweiter Gang: Krabbenpastete. Ein winziger Klecks serviert auf einem riesigen Muschelteller.

Dritter Gang, Salat mit Kaviar.

„Gut für das Herz", verkündete Andreiivich in einer kurzen Nebenbemerkung zu seiner Rede über etwas, bei dem Meredith bereits den Faden verloren hatte.

Ihre Gedanken schweiften immer wieder zu Tuss. Wo war er jetzt? Würde sie ihn noch einmal sehen können?

Sie fummelte mit ihrer Gabel herum und schaute aus dem Fenster, wo die stufenförmigen Stein- und Ziegelgebäude des kolonialen St. George's langsam aus dem Blickfeld verschwanden.

Moment. Sie verschwanden aus dem Blickfeld?

„Wohin fahren wir?" Fast wäre sie von ihrem Stuhl aufgesprungen.

„Was ist ein Abendessen ohne eine Kreuzfahrt?"

Die Motoren waren so leise, dass sie sie nicht gehört hatte. Andererseits war sie mindestens vier Stockwerke vom Maschinenraum entfernt. Zweifellos ein schallisolierter Maschinenraum, im Gegensatz zum dunklen Kabuff auf der *Serendipity*, das nur durch eine dünne Holzplatte von der Kajüte getrennt war.

„Aber... aber... " Was, wenn sie keine Dinner-Kreuzfahrt wollte? Was, wenn sie einfach nur nach Hause wollte?

„Machen Sie sich keine Sorgen. Nur eine kurze Fahrt entlang der Westküste. Wir werden vor Mitternacht zurück sein."

„Mitternacht?", kreischte sie.

Hatte er eine Ahnung von der langen Rückfahrt, die sie zur *Serendipity* zurücklegen musste? Grenada bei Tag war eine Sache, aber nachts allein zu fahren...

Mit einer bösartigen Drehung riss Andreiivich den Schwanz eines Hummers ab, der von einer hübschen Kellnerin serviert wurde – einem weiteren Mitglied seines Personals, das gesehen, aber nicht gehört wurde. Meredith umklammerte die Armlehne ihres gepolsterten Sessels und unterdrückte den Drang zu schreien. „Ich hatte wirklich nicht erwartet, dass... "

Er winkte die Bemerkung ab. „Machen Sie sich keine Sorgen, meine liebe Ärztin. Machen Sie sich keine Sorgen."

Alla schmunzelte.

Als Nächstes gab es Ceviche, obwohl sie kaum etwas schmeckte. Gott, auf was hatte sie sich nur eingelassen? Sie verlor den Überblick über die Gänge, freute sich jedoch über den Nachtisch, vor allem darum, weil es bedeutete, dass das Abendessen sich dem Ende zuneigte. Nicht wahr?

Andreiivich stand vom Tisch auf, zündete sich eine dicke Zigarre an und sandte eine dicke Rauchfahne in ihre Richtung, ohne es eilig zu haben, irgendwo hinzugehen.

Zumindest bis eine Seitentür aufsprang und Popovs vernarbtes Gesicht zum Vorschein kam. Was auch immer er auf Russisch sagte, ließ Andreiivich finster dreinblicken. Er verspannte sich.

„Entschuldigen Sie mich für einen Moment", sagte Andreiivich und ging zur Tür.

Auch Meredith stand auf. „Kein Problem. Ihr Beiboot kann mich jetzt nach Hause bringen."

Die Jacht musste zu diesem Zeitpunkt bereits zehn Seemeilen von St. George's entfernt sein, aber das Wasser war ruhig. Das schnelle Beiboot würde kein Problem haben...

„Bald", murmelte Andreiivich auf dem Weg nach draußen. „Bald."

Die Tür klappte zu und er war weg.

Meredith sah Alla an, die sich mit einem gelangweilten Gähnen erhob. „Ich werde mich in meine Kabine zurückziehen."

Alla verschwand die Wendeltreppe hinunter und Meredith schaute aus den Panoramafenstern. Grenada lag etwa eine Meile entfernt auf der Steuerbordseite wie ein trüber, blauschwarzer Umriss in der Nacht. Sie warf ihre Serviette auf das Seitentischtuch. Was nun?

Sie fing an, auf und ab zu gehen. Kaute auf ihren Fingernägeln. Sie schwor sich, den nächsten blutenden Tycoon nicht zu retten, dem sie begegnete. Nach zehn Minuten hatte sie genug von der Megajacht gehabt. Jetzt waren schon zwei Stunden vergangen und sie war mehr als bereit, zu gehen.

Mia hatte recht. Sie war viel zu nett, zu höflich. Sobald Andreiivich zurückkam, würde sie sofort verlangen, an Land gebracht zu werden.

Sie fing an, ihren Text zu üben. *Mr. Andreiivich, es war ein sehr schöner Abend, aber ich muss jetzt wirklich gehen.*

Nicht stark genug. *Mr. Andreiivich, ich bestehe darauf, dass Sie...*

Das Handy, das auf einem Tisch in der Nähe lag, klingelte. Sie starrte es an. Sicherlich würde jemand erscheinen, um den Anruf entgegenzunehmen?

Es klingelte und klingelte. Der Ton hallte durch den Raum. Meredith griff nach dem Handy, überlegte es sich dann aber anders. Was, wenn es ein Privatgespräch war?

Sie rief die Treppe hinunter. „Hallo? Das Telefon klingelt."

Niemand antwortete ihr, aber das Telefon klingelte weiter. Und weiter...

Schließlich hörte das Handy auf zu klingeln und es wurde auf eine seltsam bedrohliche Weise still im Raum. Gott, wäre sie froh, wenn sie nach Hause gehen könnte.

Kling. Kling. Das Handy klingelte erneut. Und obwohl sich der Klingelton nicht verändert hatte, hätte sie schwören können, dass er dieses Mal eindringlicher erschien.

„Das Telefon klingelt", rief sie in Richtung Treppe. Niemand antwortete.

Was, wenn es Andreiivich war, der anrief, um zu sagen, dass das Beiboot bereit war, sie zurückzubringen?

Sie griff danach, überlegte es sich dann jedoch anders, das Telefon eines anderen zu beantworten. Sie ließ es los – zu schnell, denn das Handy verfehlte den Tisch, fiel auf den Boden und klingelte weiter. Sie beeilte sich, es aufzuheben, und verfluchte sich selbst. Mit dem Finger berührte sie eine Taste und eine Stimme knisterte leise in der Leitung.

Sie hatte nicht vorgehabt, den Anruf anzunehmen, aber es wäre unhöflich, jetzt einfach aufzulegen, nicht wahr?

Sie zögerte noch eine Sekunde lang, bevor sie das Telefon an ihr Ohr hob. „Hallo?"

Kapitel 4

„Alla?", fragte ein Mann am anderen Ende der Leitung.

Meredith wollte ihn gerade korrigieren, aber der Mann sprach so schnell, dass sie keine Gelegenheit dazu bekam.

„Sage Andreiivich, dass alles arrangiert ist."

Uff. Endlich war das Boot bereit, sie zurückzubringen.

„Wir haben Kontakt mit unseren Partnern aufgenommen..."

Meredith schaute aus dem Fenster und hörte kaum hin. Warum fuhr die Jacht immer noch weiter, wenn das Motorboot gleich starten würde?

„Wir haben uns auf Montagmittag geeinigt..."

Sie blinzelte. Es war Samstag. Warum sprach diese Person vom Montag? Sie musste sofort zurück.

„Die Übergabe findet an der Kathedrale statt..."

Übergabe? Welche Übergabe?

„Duarez besteht auf einer Investition von mindestens einer Million. In bar."

Der Mann hörte endlich auf zu sprechen und Meredith hielt den Atem an. War Duarez der venezolanische Kartellführer, der die ganze Woche über in den Nachrichten war?

„Alla?", bellte die Stimme in der Leitung.

Darum investierte Andreiivich in Duarez'...

Oh, scheiße.

Meredith zog den Hörer vom Ohr, als die Tür auf der anderen Seite des Raumes aufflog. Andreiivich marschierte herein und erstarrte.

„Alla? Gib mir Andreiivich, sofort!" Die Stimme am Telefon war so laut, dass sie durch den Raum hallte.

Meredith wich einen Schritt zurück und dann noch einen. „Ähm, Telefon…“ Sie legte das Telefon so behutsam auf den Tisch wie eine scharfe Granate.

Ihr Gehirn verfiel in Panik. Oh Gott. Oh Gott. Oh Gott…

Sie wich zurück, als Andreiivich mit mörderischem Stirnrunzeln näher kam. Sie bückte sich nach ihrem Rucksack und ging weiter zurück, ohne zu wissen, was sie tun sollte, außer so viel Platz wie möglich zwischen sich und ihren Gastgeber zu bringen. Noch einen Schritt…

Sie prallte gegen eine Wand und drehte sich um.

Aber es war keine Wand. Es war Popov und auch er runzelte die Stirn.

Sie prallte von ihm ab und setzte das Katz-und-Maus-Spiel in der großen Leere des Raumes fort. Zwei Katzen gegen eine zu Tode erschrockene Maus.

„Ich, ähm…“

Andreiivich nickte Popov knapp zu, was ihr eine Todesangst einjagte.

„Ich habe nichts gehört.“

„Nicht?“ Der Russe zog fragend die Augenbraue hoch.

Popov verschränkte die Hände hinter dem Rücken, während Andreiivich der Stimme am Telefon aufmerksam zuhörte. Dann legt er auf und schaute sie an.

Sie erschauderte.

„Meine liebe Dr. Whitman, es gibt eine bedauerliche Planänderung.“

∞∞∞∞

Popov drängte sie einen Korridor und zwei Treppen hinunter. Sein abgestandener Nikotingeruch hüllte sie ein. Er bog um eine Ecke und schubste sie in eine fensterlose Kabine. Sie drehte sich gerade noch rechtzeitig um, um zu sehen, wie die Tür zuschlug und dann mit einem Klicken verschlossen wurde.

Verdammt.

Sie stürmte zur Tür und lauschte, bis sich seine Schritte entfernten. Dann versuchte sie es leise mit dem Türknauf – dann immer fester, bis sie wild daran rüttelte.

Oh Gott! Oh Gott...

Sie wich rückwärts bis zu einem Einzelbett zurück. Als sie gegen den Rahmen stieß, knickten ihre Knie ein. Sie setzte sich hart und starrte auf die Tür. Innerhalb eines Wimpernschlags war sie von der Heldin zur Zeugin eines Verbrechens und zur Gefangenen geworden. Was würde Andreiivich tun? Wozu war er fähig?

Die Gerüchte, die sie rund um den Ankerplatz gehört hatte, hallten in ihrem Kopf wider. Gerüchte, die so ziemlich alle Arten von Verbrechen erwähnten.

Geldwäscherei.

Schutzgelderpressung.

Drogenhandel.

Auch Mord?

Plötzlich fiel es ihr nicht mehr schwer, sich all die üblen Taten vorzustellen, von denen in der Gerüchteküche die ganze Woche lang die Rede gewesen war. Aber Andreiivich würde ihr doch nichts antun, oder? Immerhin hatte sie ihm das Leben gerettet.

Nein, Andreiivich wird dir nicht wehtun, sagte die kleine Stimme in ihrem Kopf. *Er wird seinen Muskelmann, Popov, die Drecksarbeit tun lassen.*

Ihr Magen kribbelte, als ihr bewusst wurde, dass sie ihr Handy auf der *Serendipity* gelassen hatte. Niemand wusste, wohin sie gegangen war. Wenn Popov ihr die Kehle aufschlitzte und sie über Bord warf, würde es niemandem auffallen.

Sie ließ ihr Gesicht in die Hände sinken und stellte sich ihre schluchzende Schwester, ihre verzweifelte Mutter und ihren trauernden Vater vor, wenn sie die Nachricht erhielten, dass ihre Leiche an einem fernen Strand angespült worden war.

Sie umklammerte ihr Haar so fest, dass es schmerzte. Oh Gott! Sie musste fliehen!

Verzweifelt schaute sie sich um. Die Kabine war winzig mit einem Bett, einem Schreibtisch und einem Stuhl. Keine Fenster und keine Türen, außer der Tür zum Badezimmer. Der Motor der Megajacht brummte leise eine Etage tiefer – ein hungriges, bedrohliches Geräusch.

Sie könnten sie erschießen. Sie erdrosseln. Sie über Bord werfen und sie den Haien überlassen...

Ein verzweifelter Teil ihres Geistes klammerte sich an den Gedanken, *über Bord* zu gehen. Als sie das letzte Mal nachgesehen hatte, waren sie nicht weiter als eine Seemeile von der Küste entfernt. Falls die Strömung nicht zu stark war, konnte sie so weit schwimmen. Nicht so schnell wie ihre Schwester, aber sie würde überleben.

Falls die Strömung nicht so stark war. *Falls* es keine Haie gäbe. *Falls* sie aus dieser Zelle einer Kabine entkommen konnte.

Aber so ziemlich alles musste doch besser sein, als die Aussicht darauf, dass Popov kam, um sie zu erledigen. Also versuchte sie es erneut mit der Tür. Der einzige Weg hinaus führte durch diese Tür – und zwar schnell.

Sie drehte den Knauf einen Moment lang, bevor sie aufgab und in ihrem Rucksack nach ihrem schwarzen Taschenmesser kramte. Die Shorts und das T-Shirt, die sie für die Fahrt mit dem Schlauchboot eingepackt hatte, lagen obenauf. Sie zog sich schnell um. Das Letzte, was sie brauchte, war ein Kleid, das sie beim Schwimmen hinderte. Dann hielt sie die Klinge des Schraubendrehers an das Türscharnier, um zu sehen, ob es passte. Ja!

Hätten ihre Hände nicht so stark gezittert, hätte sie das obere Scharnier vielleicht schneller lösen können. Die Zeit zog sich in die Länge und sie hielt immer wieder inne, um auf Popovs schwere Schritte zu lauschen.

„Komm schon. Komm schon", murmelte sie beim mittleren Scharnier.

Die erste von drei Schrauben kam leicht heraus. Die zweite blieb hängen und die dritte...

Draußen ertönten Schritte. Schnelle, leichte Schritte, die direkt vor der Tür stehen blieben.

Sie wich zurück und zitterte. Wagte sie es, das Messer zu benutzen?

Ihr nächster Gedanke war der, der sie am meisten erschreckte. *Habe ich eine Wahl?*

Sie behielt das Messer in der Hand, griff aber auch nach einem Stuhl. Sie hatte zu viele Stichwunden behandelt, als dass sie sich selbst eine zufügen wollte. Aber der Stuhl könnte helfen. Sie könnte ihn auf Popov schleudern und ihm ausweichen, um zu entkommen. Und wenn das nicht klappte... Oh Gott. Könnte sie wirklich jemanden erstechen?

Das Schloss klickte und sie biss die Zähne zusammen. Sie war ihr ganzes Leben lang ein nettes, höfliches Mädchen gewesen, das alles tat, um Menschen zu helfen, nicht um sie zu verletzen. Sie war geduldig. Verständnisvoll. Aufmunternd.

Nicht gemein. Niemals gewalttätig oder grausam. Davon gab es auf der Welt schon genug.

Sie umklammerte den Stuhl so fest, dass die Haut ihrer Knöchel schmerzte. Jetzt gab es keine Höflichkeit mehr. Ihr Leben stand auf dem Spiel.

Die Tür schwang nach innen auf und versperrte ihr die Sicht. Scheiße, scheiße, scheiße...

„Meredith?"

Sie erschrak bei der tiefen vertrauten Stimme.

„Tuss?"

Sie hatte Popov erwartet. Waffen. Seile. Ein Messer, das ihr an die Kehle gedrückt wurde. Aber Tuss?

„Mein Gott, Meredith... " Er schwang die Tür komplett auf und starrte sie an. Einen Moment lang fragte sie sich, auf wessen Seite er stand. Aber dann sah sie die Besorgnis und die Wut in seinen Augen – und beides war nicht gegen sie gerichtet – und da wusste sie es.

„Was ist passiert?", fragte er. „Ich habe gesehen, wie Popov dich hier hinuntergebracht hat. Hat er dir wehgetan?"

Seine Augen wurden grimmig. Besorgt. Dunkel.

Ihr Herz schlug im Doppeltakt – ein Stakkato, das von ihrer Beinahe-Panik herrührte, und ein tieferer Bass, der purer Erleichterung entsprang. Erleichterung und ... Vertrauen? Ein kleiner Rest von Lust? Freude? Wie auch immer sie es nennen mochte, es überwältigte sie wie eine Welle.

Tuss' strahlende, ehrliche Augen leuchteten und sein Atem stockte genau wie ihrer. Offenbar war sie nicht die Einzige, die von dieser magnetischen Kraft überrascht wurde, die immer dann einsetzte, wenn sie sich berührten.

Und verdammt, sie hatten sich noch nicht einmal berührt.

Die Tür knallte gegen die Wand und sie schüttelte die Benommenheit ab. „Ich habe zufällig etwas über einen Deal mit Duarez mitgehört."

Irgendwie fand ihre Hand den Weg zu seiner Brust. Tuss griff danach und ließ seine Finger über ihre gleiten. Seine Augen blitzten bei der Erwähnung des venezolanischen Drogenbosses auf.

„Duarez?" Tuss runzelte die Stirn. „Verdammter Andreiivich und seine schmutzigen Geschäfte."

„Du wusstest davon?" Ihr Herz hämmerte. Sie fühlte sich nicht bereit, die hässliche Wahrheit darüber zu hören, wie tief Tuss über seine Pflichten als Besatzung hinaus in die Geschäfte des Russen verwickelt sein könnte.

Er schüttelte vehement den Kopf. „Ich habe es vermutet. Als ich den Job vor ein paar Wochen annahm, war mir nicht klar..." Dann schüttelte er den Kopf und zog sie zur Tür. „Wir müssen von hier verschwinden. Und zwar schnell."

Sie klammerte sich an seine Worte wie an eine Rettungsleine – vor allem an den *Wir*-Teil.

Tuss prüfte den Flur und sie hatte gerade noch Zeit, nach ihrem Rucksack zu greifen, bevor er sie mit sich zog.

„Komm mit."

Er rannte den Gang hinunter, blieb stehen, um um eine Ecke zu spähen, und rannte dann weiter.

„Schneller. Wir müssen hier raus", flüsterte sie eindringlich.

„Ich arbeite daran." Tuss nickte. „Ich arbeite daran."

Er eilte durch das Labyrinth der Gänge, hielt nur inne, um zu schauen und zu lauschen, und stürmte dann weiter. Sie blieb direkt hinter ihm, hielt ihre Hand auf seinem Rücken und dankte allen Göttern, die ihr einfielen, dass sie Tuss zu ihr geschickt hatten. Aber verdammt. In was hatte sie ihn da hineingezogen?

„Tuss..."

„Später." Er unterbrach sie. „Lass uns gehen."

Er raste eine Treppe hinunter, schnell und leise wie ein Panther. Das Motorengeräusch wurde lauter und die Einrichtung zweckmäßiger, als sie zwei weitere Stockwerke hinabstiegen, und dann einen Flur entlang zu einer Tür mit einem großen

Griff und einem riesigen Warnschild liefen. Tuss presste sich an die Wand und spähte hinein, bevor er sie hindurchwinkte.

Sie schaute sich in dem dunklen Raum um. Ein klobiges, mit einem Tuch verhülltes Objekt stand mitten im Raum und an der Seite befanden sich Regale mit verschiedenen Ausrüstungsgegenständen.

Tuss lief direkt zu einem Metallschrank und fing an, durch einen Haufen Schlüssel zu wühlen. „Komm schon. Komm schon...", murmelte er.

Die Formen im Raum nahmen Gestalt an und sie erkannte ein Schnellboot, einen Ständer mit Windsurfbrettern und mehrere Paar Wasserskier.

„Hab ihn!", rief Tuss.

Was hatte er?

Er zeigte auf ein Regal mit baumelnden Gurten und drückte auf einen großen roten Knopf, der einen hydraulischen Arm in Bewegung setzte. „Nimm dir eine Schwimmweste."

Meredith staunte nicht schlecht, als sich die gesamte Rückwand der Megajacht öffnete und den Blick auf die sternenklare Nacht freigab. Frische Luft strömte herein und umhüllte sie mit dem Duft von Regenwald und exotischen Gewürzen. Und Freiheit. Süße, süße Freiheit.

„Zieh dir eine Schwimmweste an", drängte er. „Es ist Zeit, zu verschwinden."

Ein Atemzug blieb ihr im Hals stecken. „Ich wollte nie in etwas verwickelt werden. Und ich wollte auch nie jemand anderen mit hineinziehen..."

Er schüttelte den Kopf und reichte ihr eine blaue Weste. „Ich glaube, ich habe mit diesem Job denselben Fehler gemacht. Aber weißt du, was?" Er grinste und zeigte seine perfekten, elfenbeinfahrenden Zähne. „Ich habe gerade gekündigt. Jetzt komm!"

„Komm, wie? Wohin?"

„Stell dich an die Heckrampe." Er zeigte auf das Heck.

Das Kielwasser der Jacht brodelte und kochte, aufgewirbelt von den kräftigen Schiffsschrauben. Sie zog sich die Schwimmweste an und schlang die Arme um sich. Würde eine Schwimmweste sie davor bewahren, davon unter Wasser gesaugt zu werden?

„Ich bin mir ziemlich sicher, dass es zum Standardverfahren gehört, die Jacht zuerst zu stoppen", murmelte sie.

„So viel zum Standardverfahren." Tuss zuckte mit den Schultern und riss die Abdeckung eines Jet Skis zurück.

„Aber die Schrauben…"

„Denk nicht zu viel darüber nach", warnte Tuss und winkte sie an seine Seite. „Hilf mir schieben."

Sie packte eine Seite des Lenkers und half ihm, denn Jet Ski näher an den Rand des schäumenden Wassers am Heck zu schieben. Dann hielt sie inne und selbst Tuss starrte einen Moment lang hinunter.

„Wie sollen wir denn in … das dort starten?"

„Das überlege ich gerade", murmelte er und schaute sich um.

Die Motoren der *Tsareva* dröhnten weiter und trieben die Jacht an der Küste entlang, die täuschend langsam vorbeiglitt. Das Wasser direkt vor dem Heck hingegen blubberte und rauschte.

Tuss zog sich eine Schwimmweste an und schnallte sie fest. Dann betrachtete er die Wassermassen.

„Okay. Auf drei. Wir schieben den Jet Ski rein und springen auf. Wie auf einen Bob."

Meredith starrte ihn an. Er hatte davon erzählt, dass er an Orten wie Haiti, Dänemark und New York aufgewachsen war.

„Wie ein Bobschlitten?" Was wusste er denn über Schlitten?

„Klar. Hast du noch nie die Olympischen Winterspiele gesehen?"

Sofort huschten ein Dutzend Bilder von umgestürzten Bobschlitten durch ihre Gedanken, die außer Kontrolle gerieten, während Arme und Beine zu den Seiten hinausragten.

„Du springst zuerst", sagte Tuss. „Ich springe hinter dir auf. Weißt du, wie man einen Jet Ski fährt?"

Sie verzog das Gesicht. „Klar. Genau wie im Fernsehen."

Er lachte und das Geräusch drang bis in ihre Knochen und ließ die Anspannung etwas dahinschmelzen. „Ganz einfach."

Sie zog die Gurte ihrer Schwimmweste so fest an, dass sie kaum noch atmen konnte. „Ganz einfach."

Sie schoben den Jet Ski nach vorn, bis er an der Kante der Startrampe schwebte. Das Herz schlug ihr bis zum Hals.

„Auf drei", sagte Tuss, ohne ihr eine Chance zum Nachdenken zu geben. „Spring, dann drückst du den Knopf und gibst Gas. Hast du das verstanden?"

„Ähm..."

„Eins...", zählte er, ohne *bereit oder nicht* zu sagen.

Sie umklammerte den Lenker so fest, dass ihre Knöchel weiß wurden.

„Zwei..."

Die Tür hinter ihnen knallte auf und Stimmen drangen in den Raum.

„Drei!", schrie Tuss.

Sie schob, so kräftig sie konnte, warf ein Bein über den Sitz wie ein Cowboy, der mit einem entlaufenen Mustang losraste, und landete irgendwie auf dem Sitz. Einen Herzschlag lang schwebte der Jet Ski in der Luft. Einen Sekundenbruchteil, nachdem Tuss auf den Rücksitz geprallt war, schlugen sie mit einer Wucht auf dem Wasser auf, die sie fast umstürzen ließ.

„Gib Gas!", schrie er und packte sie bei der Taille.

Sie drückte auf den Schalter und schnippte mit dem Handgelenk, wodurch der Jet Ski nach vorne schoss. Sie schlingerten erst in die eine, dann in die andere Richtung und blieben im Kielwasser der Jacht stecken. Schließlich schafften sie es ins freie Wasser und brausten davon.

„Wow." Meredith schluckte. War das wirklich sie, die die große Flucht antrat?

„Du hast es geschafft!" Tuss' Lachen dröhnte an ihrem Ohr. „Olympische Winterspiele, hier kommt Meredith!"

Sie lächelte und fühlte sich meilenweit vom Winter entfernt, von den Olympischen Spielen oder von allem, was sie jemals im Fernsehen gesehen hatte. Zum ersten Mal in ihrem Leben fühlte sie sich völlig frei und unbekümmert. Der Mond reflektierte einen schwankenden Pfad auf der Wasseroberfläche und führte sie direkt zu der Stadt, die am Fuße der Berge lag.

„Gouyave", murmelte sie und schaute auf die Lichter am Ufer.

„Gouy-was?"

„Gouyave. Das muss die Stadt dort sein." Nicht mehr als ein oder zwei Kilometer entfernt.

Tuss' starke Arme hielten sie fest und Zuversicht überkam sie, wie es immer geschah, wenn sie ihre Arbeitskleidung anlegte. Sie konnte das schaffen! Sie konnte es bis zur Küste schaffen und den Albtraum der *Tsareva* hinter sich lassen. Eigentlich konnte sie so ziemlich alles schaffen. Sie könnte allein segeln – nicht nur zur nächsten Insel, sondern durch die ganze Karibik. Verdammt, sie könnte um die ganze Welt segeln. Sie könnte Stürmen trotzen, durch schwierige Kanäle navigieren...

Der Wind peitschte durch ihr Haar und sie fühlte sich lebendiger als je zuvor – für zwei Sekunden, bis sie zurück in die Realität gerissen wurde. Sie hatte zufällig die Details des Deals eines russischen Mafiabosses mit einem Drogenkartell mitbekommen. Es ging um eine Million Dollar in bar. Die Flucht von der *Tsareva* war nur der erste von tausend steilen Schritten zu einem ungewissen Ziel.

Und schlimmer noch, Männer wie Andreiivich hatten eine Reichweite, die über das Gesetz hinausging – und außerdem waren die karibischen Zeitungen voll von Berichten über Polizeikorruption. Wohin konnte sie fliehen? Wo konnte sie sich verstecken?

Tuss ließ seine Finger sanft über ihren Rücken gleiten, um sie zu beruhigen.

„Du hast nicht vielleicht Verbindungen zu Botschaften, oder?", rief sie über ihre Schulter und erinnerte sich an seine Geschichten über die Reisen in der Welt.

„Nein. Meine Eltern haben für die Weltbank gearbeitet. Wie steht es mit dir?"

Ihre Mutter war Anwältin, aber sie bezweifelte, dass dieses Chaos vor Gericht enden würde. „Nein. Außer..." Sie verstummte und dachte an die *Serendipity*. Nicht gerade die schnellste Rettungskapsel der Welt, aber es könnte funktionieren.

„Außer?", fragte er.

„Das Boot meines Großvaters. Die *Serendipity*... “

„Dein Großvater?“ Seine Stimme klang skeptisch.

Es war eine lange Geschichte und sie wollte sie jetzt nicht erklären.

„Wenn wir es zum Boot schaffen... “

„Und das ist, wo?“

Ihr Herz wurde schwer. Die Küste vor ihnen war die Westküste von Grenada, was bedeutete, dass eine ganze Bergkette zwischen ihnen und dem Ankerplatz lag.

„Prickly Bay... “, begann sie, aber Tuss unterbrach sie.

„Schneller!“ Er verlagerte sein Gewicht, als er zurückblickte. „Wir haben Gesellschaft.“

Sie schaute zurück und schrie sofort auf, als sie die Suchscheinwerfer sah. Die *Tsareva* wurde langsamer und das Achterdeck war beleuchtet wie ein Stadion bei Nacht.

„Noch ein Jet Ski?“

„Schön wär's“, murmelte er. „Sie lassen das Motorboot zu Wasser.“

Sie fluchte und stellte sich die Dreifachmotoren des schnittigen Bootes vor, mit dem sie zur Jacht gebracht worden war. Ein Boot mit sechshundert Pferdestärken – zehnmal so viel wie der Jet Ski.

„Scheiße.“ Sie gab noch mehr Gas, bis der Motor aufheulte. Sie hätte auch fast geschrien, aber Tuss Daumen streichelten ihre Seiten und beruhigten sie.

„Was weißt du über Gouyave?“, fragte Tuss. „Können wir dort an Land gehen?“

Sie kramte in ihrem Gedächtnis und versuchte, sich daran zu erinnern, was der Reiseführer über Gouyave gesagt hatte. Das Problem war nur, dass sie sich mit der Inselgruppe an der nordöstlichen Ecke Grenadas befasst hatte, nicht mit Gouyave.

„Sie veranstalten ein Fischfest, bei dem die ganze Stadt Essensstände auf der Straße aufstellt.“

„Genau, was wir brauchen“, murmelte er.

„Die meisten Segler fahren mit dem Minibus, weil der Ankerplatz nicht sicher ist.“

„Großartig“, stöhnte er.

Er schlang seine Arme fester um ihre Taille und der Druck war genau das, was sie brauchte, um sich zu konzentrieren. Irgendwie musste sie diesen Jet Ski an der felsigen Küste landen. Irgendwie mussten sie davonkommen. Aber wie?

Kapitel 5

Tuss starrte auf das Ufer, dann zurück zur *Tsareva*, wo gerade ein Schnellboot zu Wasser gelassen wurde. Verdammt, wie hatte er nur so dumm sein können, den Job bei ihnen anzunehmen? Jeder Instinkt hatte ihn gewarnt, sich nicht mit Leuten wie Andreiivich einzulassen.

Aber er hatte sich den Job schön- und sich selbst eingeredet, dass er sich aus Ärger raushalten könnte. Das hatte er in den ersten zwei Wochen auch getan. Aber seit sie vor einer Woche auf Grenada angekommen waren, hatte es alle möglichen verdächtigen Vorgänge gegeben – sogar noch vor der Schießerei aus dem Wagen, die beim Team der *Tsareva* Gerüchte über einen rivalisierenden Mafioso aufkommen ließ.

„Du schaffst das", rief er Meredith ins Ohr.

Das einzig Gute daran, nachts auf dem Rücksitz eines rasenden Jets Skis um sein Leben zu hetzen, war die Tatsache, dass er Meredith im Arm halten und ihren Duft einatmen durfte. Er konnte sogar seine Arme und Beine um sie schlingen und sich an sie kuscheln. Fast ließ es den Wahnsinn der Situation für einen Moment verblassen. Aber nur für einen Moment, und das war auch gut so. Jetzt war nicht der richtige Zeitpunkt, um einen Steifen zu bekommen, nicht einmal für die Frau seiner Träume.

Er hatte sie in den letzten Tagen unbedingt aufspüren wollen. Aber an Bord einer Megajacht zu arbeiten, bedeutete lange Dienstzeiten, selbst im Hafen, und fast keinen Landgang, um nach der Brünetten zu suchen, an die er immer wieder denken musste. Die Lagune war voll mit Dutzenden von Booten, aber das von Meredith war nicht darunter. Und er hätte sich nicht

lange genug von der *Tsareva* entfernen können, um andere An-
kerplätze abzusuchen.

Nun, jetzt wollte er nichts anderes, als sich von der *Tsareva*
entfernen.

Meredith warf einen Blick zurück und ihr Haar peitschte
im Wind. Er musste unweigerlich an ein Cowgirl denken, das
sein Pferd anspornte.

Was war an Meredith so besonders? Das hatte er sich in
den letzten Wochen hundertmal gefragt, als sein Verstand sich
weigerte, die süßen Erinnerungen zu verdrängen. Sie war einer
der wenigen Menschen, die ihn nicht als exotischen Sonderling
ansahen, sondern einfach nur als ihn selbst. Manchmal war sie
wie das süße Mädchen von nebenan. Manchmal war sie geball-
te weibliche Kraft. Er liebte das Chamäleon in ihr. Eigentlich
mochte er viele Dinge an ihr.

Ein Motor heulte hinter ihnen auf und er zuckte zusammen.

„Schneller!"

„Es ist am Anschlag", rief sie mit einem Hauch von Panik
in der Stimme.

Er strich mit den Daumen über ihre Rippen, denn seine
Superwoman musste sich jetzt konzentrieren. So wie in der
Kabine, in der Popov sie eingesperrt hatte. Als er zur Tür her-
einkam und sie mit einem Stuhl und einem Messer bewaffnet
sah, wäre er fast zurück in den Flur gesprungen. Verdammt,
die Frau konnte grimmig sein, wenn sie es musste.

Er blickte zurück auf das schnittige Motorboot, das über
das Wasser raste und direkt auf sie zukam. Ja, dies war definitiv
einer dieser Momente.

„Du schaffst das, Meredith."

Sie drücke die Schultern durch und raste weiter. „Haben sie
uns entdeckt?"

Er schaute zurück. Die gute Nachricht war, dass ihr Jet
Ski keine Lichter hatte und deshalb schwer zu erkennen war.
Die schlechte Nachricht war, dass der Mond voll und hoch am
Himmel stand und sein Licht auf die beiden zu richten schien.

„Noch ni–", wollte er sagen, als das Schnellboot den Kurs
änderte und direkt auf sie zusteuerte.

„Was?", kreischte sie.

„Sie sehen uns.“

„Oh Gott…“

„Fahr einfach weiter.“ *Los, Los, los*, schrie er innerlich.

Er und Meredith hatten einen großen Vorsprung, aber angesichts des Geschwindigkeitsunterschieds würde es knapp werden.

„Komm schon. Komm schon“, murmelte sie in den Wind.

Als sie näher kamen, zerstreute sich der helle Schein der Stadtlichter langsam in einzelne Lichtpunkte, und der schwere Schlag einer Basstrommel tönte über das Wasser hinaus. Ein Hauch von Mesquiteduft stieg ihm in die Nase und er schnupperte. Sie grillten tatsächlich.

Eine Wolke schob sich vor den Mond und verdunkelte das Licht. Meredith bog sofort scharf nach links ab.

„Folgen sie uns?“

„Schwer zu sagen. Warte… Nein, sie haben den Kurs nicht geändert, um uns zu folgen.“ Er klopfte ihr auf die Schulter und gratulierte ihr zu dem Trick, die Verfolger abzuschütteln. Kluge Frau.

Sie steuerte auf das nördliche Ende der Stadt zu und er sah, wie die Suchscheinwerfer hinter ihnen über das Wasser fegten.

„Können sie uns hören?“, fragte sie.

„Nicht bei dem Motorengeräusch…“ Er drehte sich um, als das Motorengeräusch verstummte. Das Schnellboot wurde langsamer, um zu lauschen. Verflixt. Ein Suchscheinwerfer huschte an ihnen vorbei, lenkte dann zurück und nahm sie ins Visier.

„Scheiße. Los! Los!“

Meredith war kein bisschen langsamer geworden, aber er sagte es trotzdem. Das steinige Ufer wurde zu einzelnen Felsen und die hohen Töne einer Steeldrum-Band gesellten sich zu dem Bass, der über das Wasser dröhnte. Hinter ihnen heulte der Motor des Motorboots auf.

„Oha!“, kreischte Meredith und wich einem schwimmenden Baumstamm aus.

Das Geräusch der Wellen, die auf das Ufer trafen, wurde lauter. Wenigstens war dies die Leeseite von Grenada und nicht die Luvseite, wo eine konstante Brandung unerbittlich auf die Kiste schlug.

„Wo soll ich auflaufen?", rief Meredith.

Er spähte über ihre Schulter und suchte nach einer Lücke in den Felsen. Die Fischerflotte der Stadt lag hoch am Ufer, was bedeutete, dass es irgendwo einen Weg hinein geben musste...

„Dort!", rief sie und änderte erneut den Kurs. Wie sie den glatten Strandabschnitt entdeckt hatte, wo die großen Felsbrocken weggeräumt waren, wusste er nicht. Aber sie mussten diesen Strand jetzt erreichen.

Vierhundert Meter... Dreihundert... Sein Nacken tat weh, weil er sich nach vorn beugte, und dann zurück und wieder nach vorn und wieder zurück.

„Nimm das Gas weg", schrie er, als Meredith auf das Ufer zusteuerte.

„Noch nicht!" Sie beugte sich tiefer über den Lenker und ließ es krachen. War sie verrückt? Sie würden sich überschlagen, wenn sie versuchte, mit dieser Geschwindigkeit aufzulaufen. „Meredith... "

In letzter Sekunde nahm sie das Gas weg und ließ den Jet Ski über die Untiefen schrammen und mit einem leichten Ruck auf dem Boden aufsetzen.

„Wie ein Bobschlitten", murmelte sie, sprang vom Jet Ski und rannte mit Vollgas den Strand hinauf.

Er hätte angehalten und gejubelt, wenn er die Zeit gehabt hätte. Aber da Popov und andere von der *Tsareva* hinter ihnen her waren, konnte er ihr nur nachlaufen und um sein Leben rennen.

Meredith sprang von Felsen zur Felsen, hielt kurz inne, bevor sie die Küstenstraße überquerte und stürzte dann in ein hell erleuchtetes Straßenlabyrinth geradeaus. „Komm schon!"

Er sprintete hinter ihr her und konzentrierte sich auf den blauen Rucksack, den sie trug.

„Entschuldigung!", rief Meredith und wich ein paar Männern mit Bieren in der Hand aus.

„Verzeihung", rief sie und sprang nach rechts, um einer Frau auszuweichen, die ein Tablett mit gebutterten Krabben trug.

„Entschuldigen Sie!" Sie zwängte sich durch die Menge.

Mein Gott. Selbst wenn sie um ihr Leben rannte, war sie immer noch so nett.

„Aufpassen!", brüllte er und wandte eine andere Taktik an. „Aus dem Weg!"

Egal, was sie probierten, es ging nur langsam voran, und der Tumult, der hinter ihnen folgte, bedeutete, dass Andreiivichs Männer ihnen auf den Fersen waren. Heißglühende Grills auf beiden Seiten der Straße bildeten einen engen Korridor, durch den sie im Slalom laufen mussten. Er sprang einem Jungen aus dem Weg, der aufgespießte Garnelen schwenkte, und einer Frau, die eine Rolle Aluminiumfolie schwang, die so lang wie sein Arm war.

„Oha!" Fast wäre er mit voller Wucht mit einem Mann zusammengestoßen, der eine Schubkarre mit leeren Flaschen schob.

Er holte Meredith ein und griff nach ihrer Hand, nur um sie eine Sekunde später wieder loszulassen, als sie zu einem Laternenpfahl kamen.

„Du musst langsamer machen, Mon", schimpft ein alter Mann, als sie vorbeistürmten.

Vielleicht würde Tuss es das nächste Mal langsam angehen, wenn er für eine Fischnacht in der Stadt war. Aber jetzt gerade? Auf gar keinen Fall.

Meredith bog scharf nach rechts ab, dann in eine Gasse ein und sprintete auf den Marktplatz, wo eine Steeldrum-Band einen flotten Rhythmus schlug und hunderte Feiernde tanzten. Sie schaute sich um und zerrte ihn zwischen zwei Essensständen hindurch.

„Muscheln? Calamari?", fragte die rundliche Frau hinter dem Stand.

„Bier? Limonade?", versuchte es die Frau an einem anderen Stand und wedelte mit einem Fächer.

„Nein, danke." Meredith schob ihn so weit wie möglich zwischen die Steine zurück und beugte sich dann vor.

„Was machst du...", begann er, aber sie unterbrach ihn mit einem Kuss. Ein heftiger Kuss, der mit zwei Armen einherging, die sie fest um seine Seiten schlang und seinen Rücken umklammerte.

„Juhu, Schätzchen!", lachte die Frau und wedelte mit ihrem Fächer nach ihnen.

„Zeig es ihm, Schätzchen." Die andere feuerte Meredith an.

Gott, er liebte freche, karibische Frauen. Und verdammt, wie sehr er diesen Kuss liebte.

Er nahm an, dass Meredith ihn geküsst hatte, um ihre Gesichter vor den Männern zu verbergen, die gerade vorbeirauschten. Als er über ihre Schulter schaute, zählte er fünf Männer in weißen *Tsareva*-Poloshirts und marineblauen Shorts, die vorbeirannten. Aber selbst mit diesem Wissen konnte er nicht anders, als sich in diesem Kuss zu verlieren. Ihr Mund bewegte sich leicht auf seinen Lippen, wie eine Massage. Die beste verdammte Massage aller Zeiten, mit Lippen, die seine genau im richtigen Winkel trafen, um ein Feuerwerk in seine Knochen zu entfachen. Und ihr Geschmack... Er schloss die Augen und genoss ihn so, wie er einen feinen, fruchtigen Wein genießen würde. Ein Spritzer Salz von der wilden Jet Ski-Fahrt mischte sich mit hinein, aber auch das schmeckte gut.

Also nippte er. Und nippte. Und nippte...

Er schlang seine Arme um ihren Körper und zog sie fest an sich, bis er ihr Herz klopfen spürte. Auch seine Hüfte schob er näher, genau wie sie es mit ihrer als Antwort darauf tat. Verdammt, Meredith war heißblütig darauf aus, ihn anzutörnen. Es war wie in jener Nacht auf Bonaire, als ein kleiner Kuss sich zu einem unbändigen Verlangen ausgeweitet hatte, das sie dazu brachte, sich innerhalb von wenigen Minuten gegenseitig die Kleider vom Leib zu reißen. Als wäre einer von ihnen ein Streichholz und der andere in Brennstoff getauchtes Feuerholz. Eine Berührung und *bumm*!

So fühlte es sich auch an, als sie den Kuss beendete. Wie ein übermäßig aufgeblasener Ballon, der zerplatzte. Sie suchte die Menschenmenge hinter ihm mit den Augen ab und sein Herz wäre vielleicht schwerer geworden, wenn ihre Wangen nicht auch röter und ihr Atem viel schwerer gewesen wären als am Anfang.

Vielleicht hatte er ihren Schalter auf dieselbe Weise umgelegt. Vielleicht war sie gar nicht so cool und gefasst, wie sie erschien.

„Netter Kuss", flüsterte er.

Sie errötete und brachte seine Seele auf eine Art und Weise zum Glühen, wie sie es in einen solchen Moment nicht tun sollte.

Ein weiterer Mann in einem *Tsareva*-Polo lief vorbei und Tuss küsste sie erneut. Eine billige Ausrede, aber er würde nehmen, was er kriegen konnte. Er drückte seinen Mund auf ihren und ließ seine Hände leicht an ihren Rippen hinaufgleiten. Höher, als er es zuvor gewagt hatte, und öffnete seinen Mund, um sie zu schmecken.

Sie streckte die Hüfte nach vorn und stieß gegen seine Leistengegend, als er seine Hände über ihren Hintern gleiten ließ. Er konnte nicht anders. Sie waren dafür gemacht, so zusammenzupassen.

„Juhu! Das Mädel hat sich einen verdammt guten Fisch gefangen", kicherte eine der Verkäuferinnen.

„Hungriges Stückchen Fisch", kommentierte die andere Frau.

Oh ja, und wie hungrig er war. Auf mehr von diesem Kuss und dieser Berührung. Darauf, dass Meredith ihr Bein um seines schlang und sich von ihm näher in die Position manövrieren ließ, um die sein Körper so bettelte. Aber dies war weder der richtige Ort noch die richtige Zeit dafür.

Also löste er sich von Meredith, wobei er viel mehr Willenskraft aufwenden musste, als er es erwartet hatte.

„Die Luft ist rein", flüsterte er und nahm ihre Hände in seine.

Sie schaute sich ausdruckslos um, runzelte dann jedoch die Stirn und da war er wieder – dieser Drahtseilakt, dieses Rutschen von der Perfektion zu ihrem eigenen kleinen Ich. Jedes Mal, wenn er dachte, sie sei unbesiegbar, zeigte sie ihre weiche Seite.

„Glaubst du wirklich?" Sie ließ ihren Blick über die Menge schweifen.

Er schloss seine Hände fester um ihre und lenkte ihren Blick zurück auf ihn. „Wir schaffen das."

Sie schenkte ihm ein entschlossenes Lächeln und nickte. „Wir schaffen das."

Er holte tief Luft, bis Meredith ihn nachahmte, und führte sie dann den Weg zurück, den sie gekommen waren. Ein paar Ecken später lichtete sich die Menge und ein Taxifahrer fuhr vorbei.

„Hey!", rief er und winkte den Wagen heran.

„Wollen Sie nach Grenville, Mon?" Der Fahrer schob die Seitentür auf, als sie angerannt kamen.

Tuss hatte keine Ahnung, wo Grenville lag, aber überall weiter weg von den Schlägern hinter ihnen hörte sich gut an.

„Ja, bitte", sagte Meredith, so süß und höflich wie immer.

Alle Sitze im Bus waren besetzt, aber die Passagiere rutschten zur Seite, so dass er und Meredith sich zwischen einen Sack Kartoffeln und einen zahnlosen alten Mann auf den mittleren Sitz quetschen konnten. Als der Minibus aufheulte und aus der Stadt ratterte, drehte sich Meredith um und schaute zurück.

„Ist die Luft rein?", flüsterschrie er über die aus den Lautsprechern dröhnende Calypso-Melodie.

Sie biss sich mit den Zähnen auf die Lippe. „Die Luft ist rein. Denke ich."

Kapitel 6

Meredith beschwor im Geiste die Karte von Grenada herauf. Grenville lag an der Ostküste der dreißig Kilometer langen Insel. Es war zwar immer noch weit weg von dem Ort, an dem die *Serendipity* vor Anker lag, aber zumindest befand es sich in der richtigen Richtung. Nämlich weg von der *Tsareva* und Andreiivich.

Gott, was hatte sie sich nur dabei gedacht, mit einem Mafioso zu Abend zu essen?

„Was?" Tuss neigte den Kopf zu ihr.

Hoppla. Sie musste es laut gesagt haben.

„Ich kann nicht glauben, dass ich die Einladung eines völlig Fremden angenommen habe und auf seine Jacht gegangen bin."

Tuss ließ seine Hand über ihre gleiten und ein Teil in ihr sagte, *Ich kann nicht glauben, dass ich so nah an einen weiteren fast Fremden gekuschelt bin.*

Denn ja, sie war direkt an seine Seite gepresst. Aber er war kein Fremder. Er war ein Freund.

Definitiv kein Fremder für meinen Körper, säuselte der schmutzige Teil ihres Verstandes.

Aber trotzdem – sie kannte Tuss kaum. Konnte sie ihm wirklich vertrauen?

Ein Blick in seine tiefen, aufrichtigen Augen, und selbst ihre innere Kritikerin nickte. *Ja. Ja, das kannst du.*

„Es tut mir leid, dass ich da dich da mit hineingezogen habe", flüsterte sie.

„Ich habe es mir selbst eingebrockt, als ich den Job auf der *Tsareva* angenommen habe."

Sie war versucht, ihn mehr darüber zu fragen, aber dies war weder der richtige Zeitpunkt noch der richtige Ort. Es war auch nicht die Zeit und der Ort, um ihm die Hand auf die Brust zu drücken, aber sie brauchte die Beruhigung. In ihrem Kopf drehte sich bei allem, was in den letzten paar Stunden passiert war, alles. Das Klingeln des Handys. Der kalte Blick, den Andreiivich Popov zugeworfen hatte, als er sie wegbrachte. Das mulmige Gefühl, aus Notwehr ein Messer in der Hand zu halten. Und das Hochgefühl, als sie erkannt hatte, dass Tuss und nicht Popov die Tür zur verschlossenen Kabine öffnete.

Sie wiederholte diesen Moment ein Dutzend Mal in ihrem Kopf, bis ihr plötzlich etwas klar wurde.

„Oh mein Gott. Ich kann nicht glauben, dass du das für mich gemacht hast.“

Tuss neigte den Kopf. „Was gemacht?“

„Du hast alles riskiert, um mir zu helfen. Du hast deinen Job hingeschmissen...“

Er schüttelte den Kopf. „Glaube mir, ich hatte sowieso vor, zu kündigen.“

„Zu kündigen, ist etwas anderes, als zu verschwinden.“ Sie ergriff seinen Arm. „Du hast alle deine Sachen an Bord der *Tsareva* gelassen. Oh mein Gott. Was ist mit deinem Reisepass?“

Er klopfte sich auf die tiefe, zugeknöpfte Tasche seiner Shorts. „Den habe ich mitgenommen. Siehst du? Keine große Sache.“

Er sagte es so, als gehörten Heldentaten zu seiner wöchentlichen Routine. So wie Gewichtheben, Halbmarathons laufen oder was auch immer er tat, um seinen Körper in Schuss zu halten.

„Keine große Sache? Du hast diese verrückte Flucht riskiert.“

Er zuckte mit den Schultern, aber sie konnte die Anspannung in seinen Schultern sehen.

„Es tut mir leid. Jetzt sind sie auch hinter dir her.“

Er schlang seine Hände um ihre. „Ich würde dich niemals allein lassen. Niemals.“

Er sagte es mit einer solchen Leidenschaft und so schnell, dass ihr die nächsten Worte fast im Halse stecken blieben.

„Danke schön", flüsterte sie. Worte klangen noch nie so unzureichend, aber was hätte sie sonst sagen sollen? „Ich danke dir."

Er lehnte sich näher heran und wärmte ihre Seite. „Nichts zu danken. Und jetzt sei still."

Sie öffnete und schloss den Mund ein paar Mal, aber Tuss legte ihr einen Finger auf die Lippen.

„Wir müssen nur einen Schritt nach dem anderen machen."

Wir. Ihre Seele griff nach diesem Wort und flog damit davon. *Wir.*

„Meinst du, wir sollten zur Polizei gehen?", flüsterte sie kaum hörbar durch das Motorengeräusch. Der Minibus ächzte bei jeder Kurve, als wäre es seine letzte und als bettelte er darum, von seinem Elend erlöst zu werden.

Tuss schüttelte den Kopf und brachte seine Lippen nah an ihr Ohr, was Funken durch ihren Körper sandte.

„Ein Typ wie Andreiivich hätte die örtliche Polizei bestochen, bevor er irgendein größeres Geschäft abwickelt."

Sie betrachtete die einfachen Häuser, die sich auf beiden Seiten der Straße aneinanderdrängten. Grenada war ein stolzes Land, aber kein reiches. Sie hatte Kinder gesehen, die mit selbst gebautem Spielzeug spielten, und Mütter, die den Boden mit Besen aus Zweigen kehrten. Konnte sie es der örtlichen Polizei wirklich verübeln, sich an einen Auswärtigen wie Andreiivich zu verkaufen, wenn es ihnen half, ihre Familien zu ernähren?

„Also, keine Polizei... Keine Hilfe..." Ihr schwirrte der Kopf. Was konnten sie sonst tun?

„Im Moment müssen wir uns so weit wie möglich von ihnen entfernen. Dann können wir nachdenken. Okay?"

Sie nickte und gab der Erschöpfung nach, die in ihre Glieder kroch.

Klares Denken würde in nächster Zeit nicht geschehen, so viel war sicher. Nicht, wenn die russische Mafia hinter ihr her war. Nicht bei einem weiteren Reggae-Lied, das in ihren Ohren dröhnte, oder mit Tuss' Ellbogen, der ihr in dem engen Raum gegen die Rippen stieß.

„Warte kurz." Er drehte sich hin und her und versuchte, es für sie bequemer zu machen.

Am Ende stieß die Spitze ihres Ellbogens gegen seine Hüfte.

„Wie wäre es so…“ Sie rutschte seitwärts, landete aber irgendwie auf dem klumpigsten Teil des Kartoffelsacks.

„Rutsche ein wenig nach links…“

Er zögerte, sie zauderte, bis sie schließlich seinen Arm hochhob und ihn über ihre Schulter legte.

„Wie ist das?“, fragte sie und versuchte, nicht gegen das bequemste Stück Muskel zu sinken, das sie jemals gespürt hatte.

„Es macht dir nichts aus?“

„Nein“, piepste sie. „Es ist in Ordnung.“ Was eine Lüge war, denn es war mehr als in Ordnung, aber das wollte sie nicht sagen. Die Form seines Körpers schien wie geschaffen für sie und seine Wärme war genau richtig.

„Danke“, flüsterte sie.

„Gern geschehen. Bist du sicher, dass es dir gut geht?“

Sie nickte. „Es geht mir gut.“ Wie sollte es ihr anders gehen, wenn er in der Nähe war?

„Gut“, murmelte er so leise, dass sie die Vibration des Klanges in seiner Brust an ihrer spürte.

„Gut“, wiederholte sie und schloss langsam die Augen.

Einen Moment später zwang sie sich, sie wieder zu öffnen. Wieso lag ihre Hand auf seinem Oberschenkel?

Weil sie perfekt dorthin passt? fragte ihr Hinterkopf nur allzu unschuldig.

Und ihre andere Hand? Was glaubte sie zu tun, sich gegen seine Brust zu drücken?

Um seinen Herzschlag zu spüren?

Er schlang seinen Arm fester um ihre Schulter und sie gab schließlich nach. Es war besser, sich wie ein Schimpansenbaby an ihn zu schmiegen, als zuzulassen, dass sie zu einem verrückten Tränenchaos wurde. Mein Gott, fast wäre sie von skrupellosen Kriminellen entführt worden.

Alle hatten sie vor Riffen und Stürmen gewarnt, als sie in die Karibik aufgebrochen war. Sie hatten ihr Geschichten über kleine und nicht so kleine Verbrechen aufgetischt, die von verzweifelten Inselbewohnern und gierigen Dieben begangen wurden. Aber die Mafia? Die gottverdammte russische Mafia?

Sie lachte laut auf, obwohl kein Humor in diesem Geräusch lag.

„Uns fällt schon etwas ein", flüsterte Tuss in genau dem richtigen Ton, um ihre Nerven zu beruhigen.

Die Straße schlängelte sich höher und weiter in die Berge. Hätte es nicht das klapprige Geräusch des Motors gegeben, hätte sie sich die Insel so vorstellen können, wie sie vor Kolumbus' Zeiten ausgesehen haben könnte. Ein tiefes, dunkles Gewirr von Ästen und Lianen hing über der Straße und wurde mit Rufen, Zirpen und geheimnisvollem Knurren lebendig.

Ein Teil von ihr hatte sich noch nie so wach gefühlt, während ein anderer in den Schlaf abdriftete. Tuss drehte sich von Zeit zu Zeit um, um die Straße hinter ihnen zu prüfen. Er tat es ganz langsam, um sie nicht zu stören.

Allmählich gönnte sie sich eine kleine, persönliche Auszeit, so wie sie sich während einer Vierundzwanzig-Stunden-Schicht in der Notaufnahme für ein kurzes Nickerchen auf eine Liege fallenlassen würde. Oder wie beim Segeln auf dem offenen Meer, wie sie es mit Mia und Ryan auf dem neuntägigen Törn von Bonaire nach Grenada getan hatte. Wenn ihre Wachschicht mitten in der Nacht zu Ende war, hatten sich ihr Geist und Körper abgeschaltet und sie war direkt in ihre Koje gefallen.

Aber das hier war nicht ihre gewohnte Koje auf der *Serendipity* und sie war auch nicht mit ihrer Schwester zusammen. Trotzdem fiel die Anspannung genauso schnell von ihr ab.

Sie hörte auf, dagegen anzukämpfen, und entspannte sich schließlich. Es war spät und sie würde sich konzentrieren müssen, sobald sie Grenville erreichten. Sie würden einen weiteren Bus oder ein Taxi finden müssen, um nach Prickly Bay zu gelangen, um dann so schnell wie möglich von Grenada wegzusegeln.

Der Minibus brummte um eine enge Kurve und ihr Körper wurde noch enger an Tuss gedrückt. Als der Wagen um eine weitere Ecke stotterte, lehnte er sich an sie. Das sanfte Schaukeln war gerade genug, um sie einschlafen zu lassen – geradewegs in eine Welt heißer, intimer Träume, in denen sie aus Verlangen und nicht aus Angst, so eng aneinandergeschmiegt waren.

Bis sie mit einem Ruck aufwachte und den Kopf hochriss.

Die Luft war kühl, die Musik verstummt. Stimmen murmelten. Warum bewegte sich der Wagen nicht? Wo waren sie?

„Was ist denn los?"

„Motorschaden", murmelte Tuss und strich ihr mit einer Hand über die Schulter.

Gott, sie wünschte, er würde die ganze Nacht damit weitermachen. Und sie war so sehr versucht, sich an seine Brust zu schmiegen und die Augen wieder zu schließen. Aber der Motor stotterte, stöhnte und machte schwache Klick-Klack-Geräusche. Ganz gleich, wie behutsam der Fahrer ihn antrieb, er wollte einfach nicht wieder anspringen.

Sie schaute zurück und war plötzlich hellwach. Wenn der Bus nicht mehr weiterfuhr, dann...

Tuss schüttelte den Kopf. „Keine Spur von Andreiivichs Männern. Mache dir keine Sorgen."

Wenn jemand sagte, sie solle sich keine Sorgen machen, war das normalerweise ein Zeichen für sie, genau das zu tun. Aber Tuss hatte ein Händchen dafür, genau den richtigen Ton zu treffen, um ihre Nerven zu beruhigen.

Die anderen Passagiere schoben die Tür auf und stiegen nacheinander aus dem engen Raum. Offenbar waren mitternächtliche Pannen mitten im Nirgendwo in Grenada an der Tagesordnung. Niemand schien verzweifelt. Niemand beklagte sich. Eine Frau auf dem Rücksitz tätschelte ihr schlafendes Baby, hob es dann in eine Trageschlaufe an ihrem Körper und ging die Straße hinunter. Der zahnlose, alte Mann lud seine Kartoffeln ab und verschwand fast unter dem Jutesack. Zwei Männer untersuchten zusammen mit dem Fahrer den Motor, zuckten dann mit den Schultern, und einen Moment später verschwanden alle in der Nacht.

Meredith umklammerte ihren Rucksack und schaute erst nach links, dann nach rechts. Die kurvenreiche Straße verschwand unter dem Dach des Regenwaldes, der sich zu beiden Seiten erstreckte und aus dem ein Chor von Grillen zuckte. Etwas schlängelte sich durch das Unterholz und sie glaubte, ein entferntes Knurren zu hören.

„Wo gehen denn alle hin?"

„Sie gehen einfach zu Fuß." Der Fahrer zuckte mit den Schultern. Er zog eine Decke aus dem Kofferraum und machte es sich auf dem Rücksitz bequem.

„Wird ein anderer Bus kommen?", versuchte sie es.

„Sicher", sagte der Fahrer und ihre Hoffnung stieg. „Irgendwann morgen."

Sie ließ die Schultern hängen.

„Hier entlang." Tuss nahm ihre Hand und folgte den anderen.

Er klang so sicher, so entschlossen, dass sie neben ihm herging. Er verschränkte seine Finger in ihren und sie konnte nicht anders, als mit dem Daumen über seinen zu reiben.

„Wo sind wir hier?", flüsterte sie.

Er drückte ihre Hand. „Ich habe keine Ahnung. Aber uns wird schon etwas einfallen."

Sie schaute sich nach einem Merkmal um, dass ihr helfen würde, sich zu orientieren. Als Seglerin kannte sie die Umrisse der Küste auswendig, aber das Landesinnere hatte sie nur skizzenhaft vor Augen. Wie hoch reichten die Berge? Wie weit war Prickly Bay entfernt?

Sie marschierten leise auf dem unheimlichsten Naturspaziergang ihres Lebens. Sie konnte alles hören, aber nichts sehen. Vögel kreischten. Eine Fledermaus flatterte über ihrem Kopf. Frösche quakten und in der Ferne glaubte sie, ein dumpfes Brummen zu hören. Schließlich tauchte ein einzelnes, schwaches Licht auf. Dann ein weiteres, bis ein winziges Dorf Gestalt annahm, und die gedämpften Stimmen der anderen Passagiere zusammen mit ihrer Hoffnung anstiegen.

„Wie weit ist es bis Grenville?", fragte sie eine Gruppe junger Männer, die am Straßenrand saß. Es musste kurz vor Mitternacht sein, aber sie saßen da, unterhielten sich und rauchten das gute Zeug. Sie wedelte mit der Hand vor ihrer Nase und vertrieb den stechenden Geruch von Gras.

„Grenville?", lachte einer.

„Am Tag nicht so weit", sagte ein anderer. „In der Nacht, Mon, ist es kilometerweit weg."

Sie alle lachten und Meredith stimmte mit ein, um höflich zu sein.

Tuss schaute auf die Uhr und sie griff nach seinem Handgelenk, um auch einen Blick darauf zu werfen. Es war zwanzig Minuten nach Mitternacht und sie war erschöpft. „Gibt es einen Ort, wo wir unterkommen können?"

„Logisch, die Dame kann bei mir bleiben", scherzte einer der Jungen und die anderen lachten.

Es war eine harmlose Bemerkung, aber Meredith schreckte zurück. Tuss hingegen erschien plötzlich doppelt so groß. Er kniff die Augen zusammen, zog die Augenbrauen hinunter und drückte die Schultern durch. Als er sich nach vorn ins Licht beugte, konnte sie die unausgesprochene Herausforderung auf seinem Gesicht sehen.

Euch mit dieser Dame anzulegen, sagte sein Blick, *heißt, euch mit mir anzulegen.*

Vier Paar Hände flogen in die Luft und winkten zur Kapitulation. „War nur ein Scherz, Mon."

„Wir brauchen eine Unterkunft", knurrte Tuss.

„Fragt Groade, Mon." Der am nächsten sitzende Mann winkte die Straße hinunter.

Groade?

Tuss sah genauso skeptisch aus, wie sie sich fühlte, aber er wies ihr den Weg. Trotz der späten Stunde waren viele Dorfbewohner noch wach und unterhielten sich, als wäre es Mittag.

Es dauerte nicht lange, bis sie den alten Mann namens Groade ausfindig gemacht hatten, der sie zu seinem Neffen Winston brachte, der sie zu seinem Kumpel Clint führte. Inzwischen hatte sich eine Schar von Schaulustigen zu Meredith und Tuss gesellt.

„Wir haben keinen Platz, wo irgendwer bleiben könnte", schüttelte Clint traurig den Kopf.

„Überhaupt keinen Platz?", fragte sie und stellte sich eine nächtliche Wanderung entlang der Bergstraße vor.

Tuss sprach leise mit Groade, während die anderen zuschauten. Eigentlich schauten sie auf, denn Tuss war um einen halben Kopf größer als alle anderen. Wenn er sprach, beugten sich alle vor, um zuzuhören. Vielleicht lag es an seinem nordamerikanischen Akzent, an seiner Kleidung oder einfach an seiner natürlichen Ausstrahlung. Vielleicht war es auch eine Kombination aus allen dreien. Was auch immer es war, Meredith spürte, wie sich ein Schutzwall um sie herum bildete, zusammen mit einem großen Verbotsschild.

Die Dorfbewohner drängten sich zusammen, bis einer feierlich nickte.

„Superfly. Das ist der, den ihr braucht."

Ein ehrfürchtiges Gemurmel ging durch die Gruppe und alle sprachen den Namen nach, so wie ein Kirchgänger *Halleluja* oder *Amen* sagen würde.

„Superfly."

„Superfly?", flüsterte sie.

Tuss' Gesicht blieb todernst und er drückte ihre Hand. *Wir schaffen das.*

Die ehrfürchtige kleine Gruppe führte sie einen Feldweg hinunter und weg von der einzigen asphaltierten Straße. Das war ungefähr genauso gut, wie die Einladung auf die Jacht eines Fremden anzunehmen. Aber da Meredith keine bessere Idee hatte...

Sie umrundeten ein Haus, duckten sich unter eine Wäscheleine hindurch und klopften dann an die Tür eines Lehmhäuschens. Hühner gackerten in einem Stall, der an einer Wand befestigt war, und in der Nähe lagen stapelweise platt gedrückte Dosen.

„Superfly!", rief einer ihrer Führer, als die Tür sich knarrend öffnete.

Meredith starrte den Mann an, der heraustrat. Er war groß, schlank und dunkel wie die Nacht, bis auf seinen komplett weißen Anzug und das Weiß seiner Augen.

„Hallo", murmelte Meredith und fragte sich, wie viel Ehrfurcht sie eigentlich zeigen sollte.

Die Augen des Mannes blitzten auf, als Clint, Groade und Winston von einem liegen gebliebenen Minibus, einem langen Weg vor sich und einer netten Touristenlady erzählten, die mit ihrem Verlobten eine Unterkunft suchte.

Moment mal. Ihr, was?

Tuss drückte ihre Hand und warf ihr einen, *Spiel einfach mit, Baby*-Blick zu.

Superfly fing an zu grinsen, als er die beiden ansah. „Sie erkennen mich nicht, nicht wahr?"

Meredith warf Tuss einen verwirrten Blick zu. Sollte sie diesen Kerl erkennen?

„Nun..."

Einer der Einheimischen stieß sie mit dem Ellbogen in die Seite. „Superfly. Weltberühmter Fußballkünstler."

„Oh." Sie stotterte eine Sekunde lang. „Wow."

„Hier." Einer von ihnen zückte ein Handy und zeigte ein Video auf dem winzigen Bildschirm. Prompt drängten sich sechs Leute zusammen und neigten die Köpfe, um es besser sehen zu können.

„Das ist mein Lieblingsvideo." Ein Mann jubelte, als die geschmeidige Figur im Video – Superfly in einem ähnlichen weißen Anzug, aber eindeutig in jüngeren Jahren – einen Fußball von seinem Fuß auf seine Ferse und über seinen Kopf kickte und ihn dann hinter seinem Rücken mit der Kniekehle auffing.

„Wow." Sie nickte.

„Seht euch das mal an! Seht euch das mal an!", stimmte ein weiterer Fan auf die nächste Szene ein, in der Superfly auf einer Hand balancierte und drei Bälle mit seinen Füßen jonglierte.

„Unglaublich." Langsam löste sie sich aus der Gruppe und wandte sich direkt an den großen Mann. „Also, eine Unterkunft?"

Superfly klatschte und scheuchte die anderen weg. „Aber natürlich! Ich habe genau den richtigen Ort für Sie!"

Er führte sie durch einen noch dunkleren Teil des Waldes und vorbei an einer Handpumpe, einem roten Eimer und einem angeketteten Schwein. Schließlich erreichten sie eine strohgedeckte Hütte. Er drückte die Tür auf, die sich mit einem Knarren öffnete.

Als er ein Streichholz entzündete und eine Kerze entflammte, machte sich Meredith auf Spinnweben gefasst. Spinnen. Oder noch schlimmer, Schlangen. Aber als Superfly das Licht im Inneren herumschwenkte, atmete sie auf.

„Wir haben hier hinten die Touristenhütten. Es gibt ein Doppelbett, ein Moskitonetz, ein Waschbecken", erzählte er, während er mit dem Licht auf die verschiedenen Einrichtungsgegenstände leuchtete. „Die Laken sind sauber. Das Wasser kann sogar ein Tourist trinken." Er stellte die Kerze in einen Kokosnussschalenhalter neben einer blauen Flasche mit Korken auf dem Nachttisch.

Rustikal. Es war definitiv rustikal. Aber tatsächlich war es schön.

„Wie viel für eine Nacht?", fragte sie und erwartete eine unverschämte Summe. Es musste offensichtlich sein, wie verzweifelt sie war.

„Sonderpreis für Verliebte in den Flitterwochen auf der Gewürzinsel. Fünfzig Dollar."

Sie atmete aus und Superfly lachte.

„Keine Tricks hier, Lady, außer den Fußballtricks. Ich zeige sie Ihnen morgen früh!"

Er zündete eine zweite Kerze an, leuchtete auf den Weg zu einem Nebengebäude und ging davon.

„Danke!", rief sie, als er in den Schatten der Nacht verschwand.

„Nicht schlecht, was?" Tuss schaute sich um.

Sie schüttelte den Kopf. Männer wie Andreiivich ließen sie verzweifelt denken, dass die Welt von Egoismus und Habgier beherrscht wurde. Aber dann stolperte man in ein Dorf wie dieses und wurde daran erinnert, dass es auch jede Menge Ehrlichkeit und Güte gab.

„Besser als die Gastfreundschaft auf der Megajacht würde ich sagen." Sie betrachtete das Bett eine Minute lang und spürte, wie es nach ihren müden Knochen rief.

Ein Gecko klammerte sich an eine Wand und hielt vollkommen still, obwohl das schwankende Licht der Kerze ihn erscheinen ließ, als würde er hin und her zittern. Die geflochtenen Wedel des Strohdachs flüsterten in der leichten Brise und draußen zirpten die Zikaden wie wild. Meredith ließ ihren Blick eine weitere Runde durch die kleine Hütte schweifen und landete dann auf Tuss. Ihre Augen hüpften zurück zum Bett, dann wieder zu Tuss. Sofort erinnerte sie sich an eine leicht betrunkene Nacht und holte tief Luft.

„Ich nehme diese Seite. Nimmst du die?“ Es war eine Aussage und eine Frage zugleich.

Seine Mundwinkel verzogen sich zu einer dieser kleinen Tuss-Gesten, die sie so faszinierten.

„Klingt gut.“ Er nickte einen Moment lang stumm. „Klingt gut.“

Sie biss sich auf die Lippe und wusste nicht genau, was sie tun sollte. Hier war der Mann nun, der alles für sie riskiert hatte. Der Mann, an den sie seit einem Monat dachte – oder besser gesagt, von dem sie geträumt hatte. Aber sie musste auch ihr Herz schützen. Sonst wäre sie nicht klüger als der Teenager, der sie einst war, und der sich in den falschen Mann verliebt hatte.

Aber Gott, war es schwer, der Versuchung zu widerstehen. Seit Jahren hatte sich das Licht seinen Weg um die Ränder der Dunkelheit gebahnt, die einst ihre Seele verzehrt hatte. Sie hatte sich immer gezwungen, es wieder zu dämmen, aber bei Tuss – es war, als hätte der Mann die ganze Tür eingetreten und sie mit hellem, hoffnungsvollem Licht geblendet.

Vielleicht konnte sie ihrem Instinkt dieses Mal vertrauen. Sie war schließlich nicht mehr das Kind, das sie einst gewesen war. Sie hatte sich so verändert. War gereift. Sie hatte eine Menge auf die harte Tour gelernt. Vielleicht könnten sie und Tuss…

Sie schüttelte ein wenig den Kopf. In tödlicher Gefahr zu schweben, konnte ein Mädchen dazu bringen, verrückte Dinge zu denken. Sie musste wirklich einen klaren Kopf bewahren.

Sie blinzelte Tuss an und überlegte, was sie sagen sollte. Sollte sie sich bei ihm bedanken? Das Wort schien ihr nicht genug zu sein. Sollte sie ihn küssen? Sie war im Moment so verwirrt, dass das vielleicht nicht die beste Idee war. Vielleicht sollte sie sich ohne ein weiteres Wort direkt ins Bett fallen lassen und hoffen, dass sie nicht die ganze Nacht lang schnarchte.

„Hey, Mer?“, flüsterte er, während sie immer noch unschlüssig dastand.

„Hm?“ Sie tat ihr Bestes, ein unbekümmertes Lächeln aufzusetzen.

„Denke nicht zu viel darüber nach", murmelte er, als er sie in eine Umarmung zog. Eine schöne, enge *Du bist bei mir sicher*-Umarmung, die ihren Kopf glückselig leer werden ließ.

Der Mann war der beste Umarmer der Welt. *Perfekte Geometrie*, wie ihre Schwester sagen würde. Natürlich sagte Mia das nur über legendäre Schwimmer. *Dieser Mann ist zum Schwimmen geboren*, würde Mia seufzen. *Sieh dir doch mal seine Arme an. Kein Wunder, dass er so viele Goldmedaillen gewonnen hat. Oder diese Frau ist für den Schmetterlingsstil gemacht. Schau dir nur ihre Schultern an.*

Nun, Meredith wusste nichts über Schwimmer, aber Tuss war der geborene Umarmer. Ein Champion. Seine Arme reichten ganz um sie herum und überlappten sich genauso weit, dass sie sich sicher fühlte, ohne eingeengt zu werden. Er beugte seinen Kopf zu ihr und presste ein Ohr an ihr Haar. Sein Brustkorb hob und senkte sich mit langen, gleichmäßigen Atemzügen, die ihr Herz vor Freude springen und tanzen ließen.

So sehr, dass sie sich fragen musste, wohin diese Nacht wohl führen würde.

Kapitel 7

Tuss schaute auf das Bett, dann zu Meredith und schluckte den Kloß in seinem Hals langsam runter.

Ich werde sie nicht anfassen, schwor er sich. *Ich werde auf meiner Seite des Bettes bleiben, wenn es das ist, was sie will.*

Aber die Sache war die, dass es nicht so aussah, als wollte Meredith das. In jener Nacht auf Bonaire hatten sie die Hände nicht voneinander lassen können. Warum glaubte er, dass sie es jetzt schaffen würden? Als sie im Taxibus in seinen Armen eingeschlafen war, hatte er sich in die Nacht zurückversetzt, in der sie gemeinsam am Strand eingeschlafen waren. Eine ruhige und friedliche Nacht auf der Insel und in seiner Seele.

Also ja, eine weitere Nacht wie diese wäre wirklich schön. Tatsächlich eine ganze Menge solcher Nächte. Diese Vertrautheit. Das sofortige Gefühl des Vertrauens.

Aber da stand sie nun und teilte Bettseiten ein.

Nun, es war ein verdammt langer Tag gewesen. Wenn schon nichts anderes, konnte er sie wenigstens umarmen, nicht wahr? Nur um sich zu vergewissern, dass es ihr gut ging.

Also schlang er seine Arme um sie, drückte sein Kinn an ihre Schulter und hielt sie fest. Und hielt sie und hielt sie und hielt sie...

Sie zu umarmen war der einfache Teil. Aber loszulassen war das Letzte, was er tun wollte. Allein der Gedanke, auch nur ein wenig lockerer zu lassen, löste einen heftigen Instinkt aus, sie näher an sich zu ziehen und nie wieder gehenzulassen.

„Es tut mir leid, dass ich dich da mit hineingezogen habe.“ Ihre Lippen kitzelten seine Schulter.

„Mir nicht.“ Er zog sie näher an sich. Gott sei Dank hatte Meredith ihn von der *Tsareva* geholt, bevor er in einen von

Andreiivichs Plänen verwickelt wurde. Und Gott sei Dank, dass sie wieder Teil seines Lebens war, egal wie überwältigend die Umstände auch sein mochten.

Er schloss die Augen und fragte sich, was ihn so sehr an ihr faszinierte. Es waren schon viele Frauen in seinem Leben ein und aus gegangen, ohne dass er sich jemals an eine von ihnen gebunden hätte. Aber Meredith... Als sie sich beim ersten Mal verabschiedet hatte, war etwas in ihm hinter ihr hergejagt und hatte sich geweigert, sie loszulassen.

„Du bist großartig", flüsterte er.

Als sie langsam den Kopf schüttelte, bewegte er sich mit ihr und es war wie ein Tanz.

„Ich bin ein hoffnungsloser Fall."

Die Aussage rüttelte ihn auf, so dass er sich von ihr löste, sie an den Armen festhielt und darauf bestand, dass sie ihn direkt ansah. „Hey."

Sie schüttelte den Kopf. „Meine Schwester ist die großartige Frau. Sie ist hübsch und selbstbewusst und in allem gut. Sie hätte es fast zu den Olympischen Spielen geschafft. Wusstest du das?"

Nein, das hatte er nicht gewusst, aber es war ihm auch egal. Ihre Schwester war ihm nicht wichtig. Meredith war hübsch – mehr als hübsch. Meredith war in allem gut.

„Du bist die Großartige. Sprich mir nach."

Sie öffnete den Mund protestierend, aber er redete einfach weiter. „Sprich mir nach. Ich, Meredith... " So ein Mist. Nach einem Tag wie heute hatte er das Gefühl, so viel über sie zu wissen, aber er kannte nicht einmal ihren Nachnamen.

Sie lächelte. „Whitman."

Er fuhr schnell fort. „Ich, Meredith Whitman, bin großartig."

Sie schnaubte. „Nein, du bist großartig."

„Jetzt nicht das Thema wechseln. Sprich mir nach. Ich bin großartig."

Sie seufzte und sprach mit müder, monotoner Stimme. „Ich bin großartig."

„Ich rette Leben nach Autoschießereien. Sag es."

Sie zuckte mit den Schultern. „Ich arbeite in einer Notaufnahme."

„Siehst du? Du bist großartig." Gott, verstand sie es nicht? „Jetzt sag es. Ich rette Leben. Und ich kann Jet Ski fahren wie ein Profi."

„Das ging drunter und drüber!"

Er schüttelte den Kopf und fuhr fort. „Ich kann mit einem einzigen Satz über Felsen am Strand springen… "

Sie lachte.

„Vor einer Gruppe bewaffneter Männer davonlaufen… "

„Ich bin um mein Leben gerannt."

„Du hast sie trotzdem geschlagen. Jetzt sprich mir endlich nach. Ich habe den mächtigen Superfly getroffen… "

Sie grinste und dieses Mal war es echt.

„Ich habe den mächtigen Superfly getroffen", wiederholte sie und spielte endlich mit.

„Ich habe ein Zimmer für die Nacht gefunden… "

„Du hast das Zimmer gefunden", betonte sie.

Jetzt war es an ihm, zu lachen. „Wäre ich allein gewesen, hätten sie mir einen Platz beim Hühnerstall angeboten. Du bist diejenige mit Klasse, die uns dieses Zimmer beschert hat."

„Du hast Klasse", protestierte sie.

„Nur, wenn ich in deiner Nähe bin", schoss er zurück. Nun, okay, er konnte sich ziemlich gut herausputzen, wenn er es musste. Er wusste, welche Gabel zu welchem Gang gehörte, wenn seine Eltern ihn von Zeit zu Zeit zu schicken Wohltätigkeitsveranstaltungen mitnahmen. Aber er meinte etwas anderes. Er meinte die Art von Klasse, die von Herzen kam. Die der Aufrichtigkeit entsprang.

Er starrte sie an, bis ihre Augen aufhörten, zu protestieren, dass sie nichts von alledem war. Bis das Blau ihrer Iris weicher wurde und ihre Daumen über seine Haut rieben.

„Und du kannst großartig küssen", sagte er, ohne nachzudenken.

Ihr Mund klappte vor Überraschung auf und er war sofort erledigt.

„Ich kann großartig, was?" Sie verstummte.

„Küssen“, sagte er und sehnte sich plötzlich nach einem weiteren Geschmack von ihr. Er lehnte sich näher heran und suchte nach einem Zeichen des Protests. Er brauchte diesen Kuss genauso verzweifelt wie die Umarmung, aber wenn sie auch nur blinzelte, würde er die Notbremse ziehen und sie loslassen.

Meredith blinzelte jedoch nicht. Sie ließ ihren Blick auf seine Lippen sinken und schluckte. Schwer.

Nur ein Kuss, schwor er sich, als er den letzten Zentimeter zwischen ihnen überwand. *Und dann werde ich sie loslassen.*

Es fing mit einem sanften, verträumten Kuss an, denn das war es, was Meredith verdiente. Und er versprach sich, es dabei zu belassen. Wirklich, im Ernst. Ein perfekter Gute Nacht-Kuss. Winzige Bewegungen seiner Lippen auf ihren, nur ein wenig auf und ab. Gerade genug, um den Stress eines verrückten Tages zu vertreiben und Frieden in seine Seele einkehren zu lassen.

Und es funktionierte auch. Er hörte auf, sich Gedanken darüber zu machen, was sie morgen früh tun würden. Ob die Russen sie aufspüren könnten und wie er es jemals schaffen würde, sie gehen zu lassen. Sein Herzschlag beruhigte sich ein wenig und seine Muskeln entspannten sich ganz allmählich.

Das musste der perfekteste Kuss der Welt sein. Und er wollte sich gerade von ihr lösen und dies laut sagen, als Meredith zuerst sprach.

„Tuss, in dieser Nacht auf Bonaire…“

Sein Herz schlug ihm bis zum Hals.

Diese Nacht war auch für mich etwas Besonderes, hätte er fast hinzugefügt.

„Ich war ein wenig betrunken…“

Sein Herz wurde schwer.

„Und ich dachte die ganze Zeit, dass ich mich deshalb so schnell in dich verguckt habe.“ Sie trat näher und das Blut pulsierte in seinen Adern. „Aber ich habe mich geirrt. Es liegt an dir. An uns. Das ist es, was großartig ist.“

Er wollte zustimmen, aber ihre Worte ließen ihn schweben und er konnte seine Zunge nicht schnell genug zum Funktionieren bringen.

Es liegt an dir. An uns.

Sie griff an sein Poloshirt und zog ihn zu sich zurück.

„Spiele bloß nicht den Gentlemen", flüsterte sie, bevor sie sich zu einem weiteren Kuss an ihn schmiegte.

Sein Kuss war sanft und vorsichtig gewesen, während ihrer hungrig und eindringlich war. Sie öffnete die Lippen leicht und glitt mit der Zunge über seine Zähne. Sie strich mit den Händen über seinen Rücken und bis zu seinem Hintern hinunter. Ihre Hüfte stieß gegen seine.

Es gab diesen Trick mit Haarspray und einem Streichholz, den ein Freund von ihm immer im Sommerlager gemacht hatte, als sie noch Kinder waren. Ein kleiner Funke, ein Druck auf den Knopf und *wusch!* Zwei Meter hohe Flammen schossen in die Nacht. Dieser Kuss war genauso, nur dass das alles in ihm passierte – und in ihr – Merediths kleinem Wimmern des Verlangens nach zu urteilen. Von null auf hundert. Alles oder nichts. Das hätte er von seiner Superwoman auch erwarten sollen, oder?

„Meredith..." Er versuchte, sie zu warnen. Wollte sie es wirklich? Heute Nacht? Er wollte es auf jeden Fall, aber er hatte nicht beabsichtigt, sie so weit zu drängen.

„Ich brauche dich", sagte sie in einem heiseren Flüsterton zwischen zwei Atemzügen. „Ich brauche das hier."

Brauchen traf den Nagel so ziemlich auf den Kopf, denn sein Körper pulsierte vor Verlangen. Sein Schwanz wurde hart und sein ganzer Körper sehnte sich nach ihr. Und als sie die Hände unter den Bund seiner Shorts schob...

„Bist du sicher, dass du für einen Tag nicht schon genug Action hattest?"

Er biss die Zähne zusammen und kämpfte gegen den Instinkt an, seinen ganzen Körper an ihr zu reiben.

„Ich brauche eine gute Sache in meinem Tag." Sie drängte sich noch näher an seinen Schwanz.

Gut war nicht das richtige Wort für das, was diese Frau mit ihm machte.

„Bist du sicher, dass du mich morgen früh nicht hassen wirst?"

„Ich mache mir eher Sorgen um das Gegenteil." Sie schlang ein Bein um ihn. „Aber weißt du was? Für einen Tag habe ich mir genug Sorgen gemacht."

Für einen Moment stockte sein Atem, denn er wusste genau, was sie damit meinte, sich um das Gegenteil zu sorgen.

„Das ist mir auch einmal passiert, weißt du", flüsterte er und kämmte mit den Fingern durch ihr Haar. Er wollte, dass sie ihm in die Augen sah. Damit sie wusste, dass er jedes Wort ernst meinte.

„Was meinst du?"

„In einer Nacht mit einer Frau zu schlafen und am nächsten Morgen verliebt aufzuwachen."

Meredith erstarrte für eine Sekunde und atmete zittrig ein. Es war offensichtlich, dass sie nicht wusste, dass er von ihr sprach.

„Oh", sagte sie mit sorgfältig neutraler Stimme.

Gott, da war sie schon wieder, so nett und höflich, obwohl sie ihn gegen die Brust schlagen könnte, weil er so ein Scheißkerl war – was er auch gewesen wäre, hätte er nicht über sie gesprochen.

„Und wie ist das ausgegangen?", fragte sie schließlich ebenso höflich.

„Ich bin mir noch nicht sicher. Ich bin noch dabei, es herauszufinden."

Die Erkenntnis dämmerte auf ihrem Gesicht und sie errötete. Gott, hatte sich denn noch nie ein guter Mann in sie verliebt? Sie verdiente ein Dutzend guter Männer. Hundert, die alle mit Rosen und Sonetten in ihrem Namen aufgereiht standen.

Verdammt, wo würde er dann stehen? Mental nahm er sich etwas vor – falls sie jemals so weit kommen sollten. *Rosen kaufen. Ein Sonett schreiben. Sie jeden Tag aufs Neue daran erinnern, wie großartig sie ist.*

„Und weißt du was?" Er lächelte direkt an ihren Lippen und zog ihr Bein näher heran. Jeder Muskel in seinem Körper bettelte darum, dass er aufhören sollte zu reden und anfangen sollte, Dinge zu tun.

„Was?"

„Ich weiß, dass ich nie etwas bereuen werde. Nicht mit dir. Nicht mit uns. Ganz egal, was passiert.“

Sie blinzelte leicht und biss sich auf die Lippe. Bevor sie etwas sagen – oder schlimmer noch, weinen – konnte, küsste er sie so, wie sie ihn geküsst hatte. Tief. Bedürftig. Verlangend nach mehr.

Ihre Zunge tanzte mit der seinen und verriet ihm, dass sie genauso begierig wie er darauf war. Er schob eine Hand unter ihr T-Shirt und öffnete ihren BH, während er mit der anderen ihre Hüfte fest und eng umschloss. Die Kerze neben dem Bett flackerte und draußen krächzte ein Vogel. Die ursprüngliche Umgebung spiegelte das Verlangen wider, das durch seine Adern floss. Er zog seine Hand nach vorn, um das weiche Fleisch ihrer Brust zu streicheln, während sie seinen Gürtel lockerte und den Knopf seiner Shorts öffnete. Sie bewegten sich schnell, genau wie bei ihrem ersten Mal. Aber genau wie beim ersten Mal fühlte es sich nicht überstürzt oder unbeholfen an. Es fühlte sich einfach richtig an.

Sie schob ihre Hand weit genug in seine Shorts, um seinen steifen Schwanz zu packen, und es war wieder wie dieser Trick mit der Flamme. Jeder Nerv in seinem Körper brannte und sehnte sich nach mehr von ihrer Berührung.

Als er mit dem Daumen über ihre Brustwarzen rieb, keuchte sie auf. Die coole stets gefasste Ärztin war verschwunden. Auch Superwoman hatte sich abgemeldet. Das war die Frau, die hinter all dem steckte, und sie wollte ihn. Ihn!

„Ausziehen“, murmelte sie und krallte an seinem T-Shirt.

„Aye, aye.“ Er grinste und zog das weiße Polohemd aus, bevor er ihr T-Shirt in einer vielsanfteren Bewegung über ihren Kopf zog. Er warf ihr Oberteil und ihren BH auf den Stuhl, auf dem auch sein Polo gelandet war.

Sollten die Klamotten dort drüben ihre eigene kleine Party feiern, während er und Meredith hier drüben ihr Ding machten. Das schien nur fair.

Er schaute gebannt zu, wie sie sich aus ihrer Shorts befreite. Ihr Haar wogte, ihre Brüste wippten und er wäre fast dahin geschmolzen. Sie vertraute sich ihm an. All ihre Schönheit, all ihre Güte, in seinen Händen. Sie richtete sich auf und sah schüchtern aus, also zog er ihre Hände an seine Seiten und half ihr, seine Shorts und Unterhose hinunterzuschieben. Sein Schwanz sprang ihr geradezu entgegen und er war versucht, dasselbe zu tun, sobald er die Kleidungsstücke los war. Aber man stürzte sich nicht einfach auf die faszinierendste Frau der Welt. Man genoss sie, einen bezaubernden Zentimeter nach dem anderen.

„Meredith. . . "

Er hauchte Küsse auf ihren Hals und schlang seine Arme um sie, damit sie sich zurücklehnen konnte, als er tiefer wanderte. Sie krümmte ihren Rücken noch weiter, als er sich an ihrem Schlüsselbein entlangküsste. Und ehe er sich versah, nippten seine Lippen ihre Brust. Knabberten. Küssten. Leckten. Er wirbelte mit der Zunge um die feste Spitze ihrer Brustwarze, atmete lang und beruhigend ein und ließ sie langsam wieder los, nur um sie erneut zwischen seinen Lippen einzufangen.

„Ja. . . " Meredith stöhnte auf und das Blut rauschte noch stärker durch seine Adern.

Sie reagierte auf die kleinste Veränderung des Drucks oder Winkels. Er knabberte an ihrem weichen Fleisch, bis sie quietschte und streichelte dann mit der Zunge darüber. Als er an der harten Knospe saugte und sie mit seinen Lippen liebkoste, jubelte sein ganzer Körper.

Er hätte für immer dortbleiben können, aber sich wie Scarlett O'Hara auf dem Plakat von *Vom Winde verweht* über seinen Arm zu beugen, konnte nicht allzu bequem für sie sein. Also arbeitete er sich an ihrem Körper hoch und zog sie wieder aufrecht. Er wanderte zurück zu ihren Lippen, wo alles angefangen hatte.

Meredith öffnete die Augen wie aus einem Traum. Eine Sekunde lang befürchtete er, sie würde ihn an dieser Stelle stoppen und die Nacht für beendet erklären.

Aber ihr Mund verzog sich zu einem Lächeln und sie leckte sich mit der Zungenspitze über die Lippen. Eine Geste, die ihm verriet, dass sie auf gar keinen Fall irgendetwas für beendet erklären würde.

„Zeit fürs Bett, Seemann", sagte sie.

Genau das, was auch er gedacht hatte – und nicht einen Moment zu früh.

„Aye, aye, Kapitän." Er hielt den Rand des Moskitonetzes hoch, das über das Bett gespannt war und schaute zu, wie sie sich hineinschlängelte. Sie legte sich auf den Rücken und schaute ihn mit großen, verletzlichen Augen an. Sie vertraute ihm vielleicht mehr, als sie sich selbst vertraute.

Er zog ein Kondom aus seiner Geldbörse – ja, er hatte ein Kondom dabei, denn ein Mann konnte ja immer von einer Frau wie Meredith träumen, nicht wahr? – und duckte sich unter das Moskitonetz, um zu ihr zu gelangen. Manchmal wurden Träume zur Realität, in welchem Fall ein Mann auch realistisch darüber sein musste, was dies bedeutete.

Sie griff nach dem Kondom. „Lass mich."

Ein Chor von Engeln fing an, in seinem Kopf zu singen.

Er lehnte sich zurück und schaute zu, wie sie das Päckchen aufriss und zögerte, um dann das Kondom an das Kopfende des Bettes zu legen. Innerhalb eines Wimpernschlages wandelte sich ihr Blick von vorsichtig zu frech.

„Kein Grund zur Eile, richtig?", sagte sie und streichelte ihn.

„Kein Grund zur Eile", sagte er mit zusammengebissenen Zähnen. Es fühlte sich so gut an. Schmerzhaft gut. Gefährlich nahe am Explodieren gut.

Sie berührte die Eichel mit einem Finger, nahm ihn dann in ihre Faust und rieb mit der Hand auf und ab. Die Hälfte seines gesamten Blutes schoss in seine Leistengegend. Die andere Hälfte rauschte in seinen Ohren.

Ihr Blick huschte von seinem Schwanz zu seinen Augen und sie beobachtete, wie er seine Finger in das Laken krallte.

„Ist das in Ordnung?", fragte sie so leise, dass er sie kaum hörte.

„Mehr als in Ordnung."

Ihr langes, braunes Haar kitzelte seinen Bauch, als sie sich über ihn beugte. Er hielt den Atem an, als er sah, wie sich ihr Mund seinem Schwanz näherte. Wollte sie wirklich…

„Wie ist es damit?", fragte sie nur einen Millimeter von dem entfernt, was sein Gehirn bereits als Kommandozentrale seines Körpers erklärt hatte.

„Gut." Seine Stimme war heiser vor Verlangen und sie konnte es hören.

Sie machte allerdings nicht den Eindruck eines Luders, indem sie ihr Haar zurückwarf und ihn mit einem Zwinkern neckte. Sie schien todernst bemüht zu sein, es genau richtig zu machen. Was eine zwangsläufige Sache war. Wusste sie das nicht? Alles, was sie tat, würde perfekt sein. Das Beste, was ihm je in seinem Leben passiert war.

Eine Sekunde später tauchte sie ab und bewies es. Der Chor der Engel schlug einen hohen Ton in seinem Kopf an.

Sie küsste ihn auf die Eichel – eine federleichte Berührung – und leckte dann kräftig darüber.

Funken sprühten. Ein Feuerwerk. Tiefe, erstickte Geräusche entsprangen seiner Kehle. Und als Meredith ein ‚O' mit ihrem Mund formte und ihn tief hineinsaugte, schwebte er direkt auf Wolke sieben. Er ließ den Kopf zurück aufs Kissen fallen. Seine Zehen krümmten sich, während er den Rest seines Körpers zwang, ganz stillzuliegen. Sie rutschte nach oben und nahm ihn noch tiefer auf. Mit der Zunge umspielte sie ihn, während sie mit den Lippen kleiner saugende Bewegungen machte. Er klammerte sich am Bettlaken fest. Am liebsten hätte er sich in ihr Haar gekrallt, aber er war schon zu wild, um sanft zu bleiben und es richtig zu machen.

„Meredith", stöhnte er und war nur knapp davon entfernt, in ihrem Mund zu kommen.

Sie machte einfach weiter und trieb ihn immer näher an den Abgrund.

„Mer… "

In einem langen Zug kam sie zurück zur Eichel und er wäre fast explodiert. Aber hier ging es nicht nur darum, ihn zum Orgasmus zu bringen. Es ging darum, dass sie beide nach einem verrückten Tag Entspannung fanden. Also strich er mit den Fingern durch ihr Haar und zog sie hoch, um ihren glitzernden Lippen mit einer schnellen Bewegung auf seine zu ziehen. Er hätte gern etwas Gewandtes oder Lustiges gesagt, um dazu überzuleiten, was er als Nächstes vorhatte, aber in der Sekunde, in der er sich selbst auf ihren Lippen schmeckte, war sein Geist plötzlich leer.

Meredith drückte ihn auf den Rücken. Aber nach einer weiteren Minute gefühlvollen Küssens lehnte sie sich zurück und wedelte mit dem Kondom in der Luft.

„Ich glaube, es könnte an der Zeit hierfür sein." Sie grinste und er tat es auch. Ungefähr einen Kilometer breit, wenn das Gefühl seiner in die Länge gezogenen Wangen ein Anzeichen war.

„Ich *weiß*, dass es Zeit dafür ist", sagte er und half ihr, es auf seinem Schwanz abzurollen.

Kapitel 8

Meredith befahl ihrer Hand, nicht zu zittern, als sie das Kondom abrollte. Sie konnte es kaum erwarten, ihn in sich gleiten zu spüren. Aber es gab keinen Grund zu zittern, nicht wahr?

Sie zitterte jedoch, denn so hatte sie noch nie Sex gehabt. Sie hatten gerade erst angefangen und doch wusste sie schon, dass es ihre Nacht auf Bonaire übertreffen würde – eine Nacht, die sie für den besten Sex ihres Lebens gehalten hatte – bis jetzt. Der beste, weil sie mit Körper *und* Seele dabei war, eine totale Hingabe an eine Leidenschaft, die aus dem Nichts entsprang und sie fast umgehauen hatte.

Tuss legte seine Hand auf ihre und schaute ihr mit leidenschaftlichem, glühendem Blick beim Abrollen des Kondoms zu.

„Jetzt bin ich dran", murmelte er, sobald das Kondom übergestreift war.

Mit einer großen Hand drückte er sie sanft auf den Rücken. Nicht, dass es viel brauchte, um sie zu überzeugen. Mit je einer Hand auf seinen muskulösen Schultern brachte sie ihn in Position. Eigentlich hätte sie sich eingesperrt fühlen müssen, aber sie spürte nichts als die Elektrizität, die zwischen ihnen schwirrte, und die berauschende Vorfreude auf ein Hochgefühl.

„Ich bin auch dran", flüsterte sie und zog ihn zu einem leidenschaftlichen Zungenkuss hinunter.

Sie hatte ihren rechten Fuß hinter seine Wade gehakt und Tuss schob daraufhin seine Hand an ihrem Körper hinunter. Sanft zeichnete er die Linien ihres Schlüsselbeins nach und umkreiste dann ihre Brüste. Als er ihren Bauchnabel erreichte, zeichnete er ein Muster drumherum.

„Was machst du da?"

„Ich male." Tuss grinste und schwebte nur einen Zentimeter von ihren Lippen entfernt.

„Was malst du denn?"

„Einen Kompass. Hier ist Norden. . . " Er glitt mit der Hand nach oben und genau zwischen ihre Brüste – eine Bewegung, die er mit einem weiteren Kuss auf ihre Lippen unterstrich. „Westen ist hier drüben." Er nahm eine Abkürzung zu ihren Rippen, strich dann nach oben und knetete ihre Brust. „Das heißt, Nordnordwest ist genau hier. . . " Sie schloss bei der Magie seiner Berührung genüsslich die Augen.

„Nordosten. . . ", flüsterte er und umkreiste die andere Seite, bis ihre Brustwarze sehnsüchtig schmerzte und sich aufrichtete.

Sie zog den Fuß, den sie um sein Bein geschlungen hatte, etwas höher, als sie ihre Knie weiter auseinandersinken ließ.

„Süden", flüsterte sie. „Was ist mit Süden?"

Er schmiegte sich mit dem Kinn an ihre Wange und ihre Haut kribbelte am ganzen Körper.

„Ich war gerade auf dem Weg dorthin. Nach Süden." Noch nie hatte eine Himmelsrichtung so sehr nach einer himmlischen Sünde geklungen. „Ich mag Süden."

Ich mag Süden auch, hätte sie fast geflüstert, aber es kam nur als Quietschen heraus, als er mit einem Finger über ihre Mitte hinunterglitt. Sie hob ihre Hüfte von der Matratze und streckte sich ihm gierig nach mehr von seiner Berührung entgegen.

Mit dem Knie stieß er ihre Beine weiter auseinander und als sie ihre Arme über ihren Kopf nach oben streckte, rutschte er hinunter, um ihre Brust zu küssen.

„Tuss. . . ", hauchte sie, öffnete sich ihm vollständig und streckte sich seiner Berührung entgegen.

Er umkreiste ihre empfindlichsten Stellen, zwickte ihre Brustwarzen, tastete mit einem Finger, dann mit zweien.

„Ja. . . ", keuchte sie und schlang ihre Beine um ihn. „Bitte. . . "

Seine Nasenflügel bebten, als er sich über ihr ausstreckte. Er legte eine Hand neben ihr Ohr und benutzte die andere, um ihre beiden Hände über dem Kopf festzuhalten. Sein Schwanz drückte an ihren Eingang und sie drängte sich ihm sehnsüchtig entgegen.

Mit einem Stoß seiner Hüfte glitt er hinein. Das brennende Gefühl ließ sie aufschreien. Vor Schmerz und vor Lust. Ein schmaler Grat.

„Ja“, stöhnte sie. Sie flehte mit ihren Augen, ihrer Stimme, ihrem Körper.

Tuss zog sich zurück und stieß wieder hinein, wovon sie auf der Matratze nach oben rutschte.

„Noch mal.“ Sie zog ihre Beine so hoch, dass sie gegen seinen Hintern stießen und ihn anspornten.

Für jeden Zentimeter, den er sich zurückzog, stieß er zwei tiefer hinein, bis sie sich sicher war, dass es tiefer nicht ging. Schweiß glänzte auf seiner Stirn. Er zog die Lippen über den Zähnen zurück, als er wieder und wieder zustieß und ihr gleichzeitig bewies, dass sie falsch und richtig lag. Denn so etwas hatte sie noch nie zuvor gespürt. Diese schiere pulsierende Kraft. Der gleichmäßige Rhythmus. Das überwältigende Bedürfnis, nach mehr und mehr und mehr zu schreien.

„Tuss“, murmelte sie und erwiderte jeden Stoß seiner Hüfte mit einem eigenen kleinen Zucken. „Oh. . . “ Sie holte tief Luft und spannte ihre inneren Muskeln um ihn an. Dadurch verlangsamte sie den nächsten Stoß.

Er stöhnte und schloss die Augen. „So gut. “

Er blieb tief in ihr stecken und zog sich dann langsam zurück, bevor er ihr in die Augen sah.

Noch einmal, flehten seine Augen.

Ihre ganze Seele jubelte. Es gefiel ihm. Ihm gefiel, was sie tat. Sie nickte und stöhnte laut, als er sie erneut ausfüllte.

Tuss öffnete den Mund zu einem leisen Stöhnen, als sie sich um ihn herum zusammenzog. Er flehte sie an, es noch einmal zu tun.

Und wieder und wieder, bis sie glaubte, es nicht länger aushalten zu können. Aber wenn Tuss diesen unerbittlichen Rhythmus beibehalten konnte, hatte sie nicht vor, das Handtuch zu werfen.

„So nah dran“, krächzte er, als er sich das nächste Mal zurückzog.

Sie war auch nah dran. Mit jedem anderen Mann wäre sie schon längst über eine verborgene Schwelle gestolpert und es hätte sich in ein laues Ende verlaufen. Aber mit Tuss...

„Ja", schnaufte sie, als er seinen Rhythmus noch beschleunigte. „Ja...", flüsterte sie und versuchte, ihre Lust nicht mit Superfly und dem Rest des Dorfes zu teilen, so schwer es ihr auch fiel. „Gott, ja."

Tuss zog ihr Bein an seiner Seite höher, fand einen neuen Winkel und stieß wieder zu. Sie explodierte mit einem keuchenden Schrei, klammerte sich mit jedem Glied an ihn, bis auch er sich am ganzen Körper versteifte und mit einem langen, tiefen Stöhnen zum Höhepunkt kam.

„Meredith..." Er keuchte an ihrem Hals.

Sie hielt sich fest und ließ ihre Hände über seinen Rücken gleiten. Sie waren beide atemlos und schimmerten mit einer feinen Schweißschicht.

„Das war – oh!" Sie stöhnte mit einem Nachbeben purer Lust auf. Er hielt sie, immer noch tief in ihr vergraben, weiter fest.

Tuss senkte sich über sie herab und verlagerte sein Gewicht so, dass er sie nicht erdrückte. Sie konnte sich nicht bewegen und wollte es auch nicht. Er anscheinend auch nicht.

„Nur noch eine Sekunde...", murmelte er.

Sie legte eine Hand auf sein Herz, um den Beweis dafür zu spüren, was sie mit ihm gemacht hatte.

„Ich könnte die ganze Nacht so bleiben", flüsterte sie und küsste seine Schulter.

„Die ganze Nacht klingt gut", sagte er. Seine Stimme klang etwas undeutlich und plötzlich spürte auch sie, wie sich die Erschöpfung wieder einschlich.

Die Geräusche des Regenwaldes drangen erneut in ihr Bewusstsein. Das Zirpen unzähliger Insekten, das Rascheln der Blätter, die piepsenden Rufe und Schreie der Vögel. Riefen auch sie gerade nach ihren Liebhabern? Lachten sie über die Possen der Menschen, die es sich in einer Hütte in ihrer Mitte bequem gemacht hatten?

Sie streichelte Tuss' Rücken und schloss die Augen, um diesen Moment in ihrem Gedächtnis zu speichern.

Als er sich aufsetzte, um das Kondom zu entsorgen, wollte sie protestieren. Doch eine Sekunde später blies er die Kerze aus und zog sie wieder an seine Brust. Wie sein Eigentum, ganz und gar beschützend. Er schlang einen Arm um ihre Rippen, hielt ihre Hand und küsste ihren Rücken.

„Siehst du?", neckte er sie in der Dunkelheit.

Sie blinzelte. „Sehe ich, was?"

„Ich habe dir doch gesagt, dass du großartig bist."

Da war er wieder mit seinem Wahnsinn.

„Na sicher doch", schnaubte sie. „Ich bin schön. Ich bin perfekt. Ich bin eine Göttin..."

„Wer sagt denn, dass du das sein musst?"

Sie öffnete ihren Mund und schloss ihn wieder.

Tuss zuckte mit den Schultern. „Sei einfach du selbst. Ich mag dich so, wie du bist."

Ein Teil von ihr wollte ihm auf den Arm schlagen und sagen: *Klar doch, versuch doch einmal, ich zu sein. Du wirst schon sehen, wie weit entfernt von Perfektion ich bin.* Aber als sie seine starken, muskulösen Schultern und die perfekte, mokkafarbene Haut betrachtete, hielt sie inne. Vielleicht war der Weg, er selbst zu sein, für Tuss auch gar nicht so einfach gewesen. Er hatte es selbst gesagt.

In Dänemark bin ich Haitianer. In Haiti bin ich Däne. Ich sitze immer zwischen den Stühlen.

„Du bist großartig", murmelte er. „Und du kannst toll küssen."

Sie schmiegte sich enger an seinen Körper und schloss die Augen. Sie hatte nicht die Kraft zu protestieren. Und tief in ihrem Inneren glaubte ein Teil von ihr sogar daran. *Vielleicht bin ich großartig. Zumindest ein klitzekleines bisschen.*

„Schlaf gut, holde Maid." Seine Stimme klang ein wenig heiser, als wäre es nicht nur als Scherz gemeint.

„Schlaf gut, edler Ritter", flüsterte sie zurück.

Sie konnte sein Lächeln an ihrer Haut spüren. „Glaube mir, das werde ich."

Er sagte es mit solcher Überzeugung, dass auch die letzte Anspannung von ihr abfiel. Sie schloss die Augen, um sich langsam dem Schlaf hinzugeben.

Kapitel 9

„Psst.“

Meredith schlug mit ihrer flachen Hand nach der Fliege, die um ihren Kopf herum schwirrte, und zog sich das Laken ein wenig höher über ihre nackte Brust. Sie war noch nicht bereit, aufzuwachen. Ganz und gar nicht bereit, aufzustehen.

„Psst.“ Die Fliege schwirrte wieder.

Sie zog eine Grimasse, verkroch sich unter der Decke und strich mit einer Hand über Tuss' Rücken. Dann blinzelte sie. Moment mal...

Sie schreckte auf und umklammerte das Laken. „Oh!“

Ein kleiner Junge mit großen Augen und einem ebenso riesigen Grinsen lächelte sie an. „Hey, nette Dame.“

Nette Dame? Wohl eher unanständige Dame. Ihr Blick flatterte zu Tuss hinüber, der splitterfasernackt an ihrer Seite döste.

„Guten Morgen“, flüsterte sie.

Draußen krähte ein Hahn und das geflochtene Bananenblätterpaneel ließ gerade genug Licht hindurch, um den Sonnenaufgang zu verkünden. Ein ruhiger Morgen nach einer viel zu kurzen Nacht.

Dennoch war ihr Körper warm und ihr Gehirn nicht so hyperaktiv, wie es eigentlich sein sollte, nach allem, was in den letzten elf Stunden geschehen war. Eigentlich sollte sie sich Gedanken darüber machen, ob es der *Serendipity* gut ging und wie sie nach Prickly Bay gelangen könnten – ganz zu schweigen davon, was sie zu dem Mann sagen würde, der sie letzte Nacht vor Lust zum Schreien gebracht hatte. Aber sie konnte nur dümmlich grinsen und sich der vollkommenen Glückseligkeit hingeben.

„Superfly sagt, ich soll der netten Dame ausrichten, dass sie aufstehen muss."

Aufstehen? Ihr ganzer Körper rebellierte und sie schob ihren Knöchel zurück auf Tuss' Seite des Bettes.

„Superfly sagt, ein paar Männer haben nach der netten Dame gefragt", fuhr der Junge fort.

Ihr Rücken versteifte sich. „Männer? Was für Männer?"

„Paar weiße Männer in schicken, weißen Hemden", sagte der Junge.

Vor Schreck hätte sie fast das Laken fallengelassen.

„Superfly sagt, ich soll Ihnen den Weg hinten hinaus zeigen." Der Junge gestikulierte über seine Schulter.

„Wir kommen. Nur eine Sekunde."

Sie hatte davon geträumt, Tuss mit einem Flüstern und einem Kuss zu wecken, aber dafür war keine Zeit mehr. Sie schlug ihm gegen die Schulter.

„Tuss! Wach auf!"

In dem Moment, als der Junge sich umdrehte, um draußen zu warten, sprang sie blitzartig aus dem Bett und rannte in der Hütte herum, um ihre Kleider einzusammeln.

„Tuss. Tuss… " Sie schüttelte ihn. Gott, der Mann hatte einen tiefen Schlaf. Gott, waren seine Schultern stark. Und verdammt, er hatte genau gewusst, wie er sie berühren musste…

Sie riss ihre Gedanken zurück und fummelte an ihrem BH herum. „Tuss", zischte sie und zog sich ihre kurze Hose an.

„Hmm?"

Selbst im Halbschlaf hatte der Mann eine erotische, heiße Ausstrahlung.

Sie warf ihm seine Kleidung zu. „Sie kommen! Beeil dich!"

„Wer kommt?", murmelte er und vergrub seinen Kopf im Kissen. In jeder anderen Situation hätte sie sich über ihn gebeugt, ihn auf die Stirn geküsst und ihre Hände über all das unbekannte Terrain wandern lassen.

„Ein paar weiße Männer in schicken, weißen Hemden."

Das ließ ihn aufschrecken.

„Scheiße. Andreiivichs Männer?"

Sie hielt inne. Bis gestern Abend war Tuss einer von Andreiivichs Männern gewesen. Jetzt war er ihr ... Retter? Liebhaber? Ein riesiger Fehler?

In Gedanken strich sie die dritte Möglichkeit schnell wieder. Was auch immer geschah, Tuss war kein Fehler. Er war das Beste, was ihr passiert war seit ... seit... Ihre Gedanken kreisten durch Monate und dann durch Jahre und um so viele herzzerreißende Prüfungen und so viel Schmerz. Sie wühlte sich weiter durch ihre Erinnerungen und kam dann auf eine verblüffend klare Schlussfolgerung.

Tuss war das Beste, was ihr *jemals* passiert war.

Sie hatte ein Talent dafür, sich stets hoffnungslose Fälle auszusuchen. Fälle, bei denen sie die Starke sein musste. Und so lange hatte sie sich hilflos gefühlt – wie ein Boot, das ohne Kompass oder Wind, der die Segel füllte, abgetrieben war. Aber mit Tuss schien selbst diese verrückte Situation irgendwie beherrschbar zu sein.

Und im Moment bedeutete das, schnell zu handeln und nicht zu viel nachzudenken.

„Beeil dich." Sie zog ihn auf die Beine. Dann schwankte sie trotz ihrer Eile eine Sekunde lang und musterte den Blick, den er ihr zuwarf. Der Blick, der sagte, *Du bist großartig, weißt du das?*

Er zog sich seine kurze Hose an. „Ich komme schon."

Als sie hinaustraten, winkte der Junge sie über einen Trampelpfad. Blätter und Ranken verhedderten sich in Merediths Haaren und Kleidung, aber sie eilte so leise weiter, wie sie nur konnte. Leise genug, um die Stimmen in der Ferne zu hören. Eindringliche, wütende Stimmen, ganz anders als die sanften Singsangtöne der Inselbewohner. Als sie ein paar Brocken Russisch hörte, ging ihr Tempo von langsamem Joggen in einen regelrechten Sprint über.

Der Rucksack hüpfte auf ihren Schultern. Ein Dorn kratzte über ihren nackten Arm. Tuss lief hinter ihr her und fluchte leise vor sich hin.

Okay, sie hatten wahrscheinlich zu lange geschlafen. Aber sie hatte nicht damit gerechnet, dass Andreiivichs Männer sie in einem Bergdorf finden würden, das wahrscheinlich noch nicht einmal auf einer Karte verzeichnet war. Andererseits, wie schwierig konnte es schon sein, ein paar Fragen zu stellen und ein paar Dollar springen zu lassen, um eine weiße Frau aufzuspüren?

„Scheiße." Sie verfluchte ihren Leichtsinn und schlug sich dann die Hand vor den Mund. „Ich meine, Mist", murmelte sie hinter dem Rücken des kleinen Jungen.

Hinter ihr gluckste Tuss, verflucht sollte er sein. Das war alles seine Schuld, dass sie ihr Gehirn ausgeschaltet und die Hormone hatte überhandnehmen lassen. Alles seine Schuld, dass sie wie ein Baby geschlafen hatte. Alles seine Schuld…

Die Reihe von Beschwerden wandelte sich zu einem Schwall heißblütiger Erinnerungen und einem dreckigen Grinsen. Er hatte sie so verdammt gut fühlen lassen. Besser als gut. Er hatte sie von ihren Fesseln und Hemmungen befreit. In Anbetracht all dessen konnte sie ihm vielleicht verzeihen.

Der Weg wurde schmaler, matschiger und kurvenreicher. Sie lief um eine enge Kurve und stieß an der Kreuzung, an der er angehalten hatte, den kleinen Jungen fast um.

„Da lang."

In der Ferne knackte ein Ast. Meredith riss den Kopf herum.

„Da lang", sagte der Junge eindringlich. „An den Seven Sisters Falls vorbei, dann das Tal hinunter… "

Tuss zog sie mit sich. „Verstanden. Lass uns gehen."

„Warte!"

Sie verdrehte sich halb und kramte ihr Portemonnaie aus dem Rucksack, bevor sie dem kleinen Jungen drei Zwanziger reichte. „Sag Superfly danke von uns. Sag allen danke."

Kaum hatte das Geld ihre Hand verlassen, zerrte Tuss sie schon weiter. „Du bist einfach zu viel."

„Aber wir schulden ihnen das Geld für die Hütte."

Er schüttelte den Kopf. Aber es war ein gutes Kopfschütteln. Ein *Was soll ich nur mit dir machen*-Kopfschütteln, ähnlich wie das, mit dem er sie gestern Abend angesehen hatte.

„Ich liebe es, wie du das machst, während du um dein Leben läufst."

Sie drehte sich erschrocken über die Geräusche von Schritten hinter ihnen um. Scheiße, er machte keine Witze.

Sie rasten durch ein dichtes Waldstück und weiter durch eine Bananenplantage. Dort war es leichter, voranzukommen, aber sie fühlte sich gefährlich ungeschützt. Sie sauste über den holprigen Boden und wünschte sich, wieder im Schutz des Waldes zu sein.

„Hier." Tuss duckte sich hinter einer Hecke und erreichte einen schmalen Trampelpfad. Er gab ihr ein Zeichen, vorauszulaufen, während er sich umdrehte.

„Siehst du etwas?", rief sie so leise, wie sie konnte.

„Niemanden."

Er sagte nicht, *noch nicht*, aber sie konnte die unausgesprochenen Worte in seinem Tonfall hören.

Der Trampelpfad teilte sich und sie folgte dem handgemalten Schild nach rechts.

„Seven Sisters Falls", las Tuss und holte sie ein.

Seine Schritte waren lang und ihre erstaunlich gleichmäßig, wenn man bedachte, dass sie in den letzten Wochen nicht viel gelaufen war. Nicht die flinken Schritte ihrer sportlichen Schwester, aber auch nicht schlecht. Sie hoffte nur, dass sie durchhalten konnte.

Sie spritzten durch einen knöcheltiefen Bach und sprangen dann flussaufwärts von Felsbrocken zu Felsbrocken.

„Bist du sicher, dass das der richtige Weg ist?", rief Tuss.

„Er sagte, an den Wasserfällen vorbei und dann das Tal hinunter." Außerdem passte die Gegend zu der Beschreibung ihrer Schwester. Mia und Ryan hatten Grenada in den Tagen vor ihrem Rückflug erkundet, während Meredith auf der *Serendipity* zurückgeblieben war, um den beiden frisch Verliebten ein wenig Privatsphäre zu lassen. Jetzt wünschte sie sich, sie hätte die Wanderung mit ihnen unternommen – in einem leichteren Tempo und nicht im Laufschritt.

Tuss fluchte hinter ihr und gerade, als sie sich umdrehen wollte, berührte er ihren Rücken. „Schau nicht zurück. Laufe einfach."

Sie sprangen am anderen Ufer hoch. Das fröhliche Gurgeln des Baches war laut genug, um Tuss' Schritte zu übertönen. Sie spürte jedoch, dass er direkt hinter ihr war, und ihr Deckung gab. Ein hässlicher Gedanke schoss ihr durch den Kopf und sie rannte schneller. Was, wenn die Männer Gewehre hatten?

Ein Knall ertönte über ihnen und hunderte Vögel flatterten schreiend aus den Bäumen. Diese Verbrecher hatten tatsächlich Gewehre.

Sie sprang über zwei Felsen auf einmal und bahnte sich vorsichtig ihren Weg, als der Bach zu einem reißenden Fluss wurde.

„Die Wasserfälle!" Sie konnte sie noch nicht sehen, aber das sprudelnde Geräusch wurde zu einem Tosen.

Sie sprintete um eine Kurve und stolperte in Sichtweite eines Wasserfalls, der so atemberaubend schön war, dass sie nach Luft schnappen musste. Der breite, spritzende Wasserfall teilte sich in Abschnitte, die an einen Brautschleier aus Spitze erinnerten. Seven Sisters Falls – das mussten sie sein. Mia und Ryan hatten bei ihrer Rückkehr von der Schönheit dieses Ortes geschwärmt.

Hinter dem dritten Wasserfall gibt es eine coole Höhle, hatte Mia gesagt und war rot geworden, als sie Ryan verstohlen anschaute. Eine Höhle, die groß genug ist, um darin zu vögeln, hatte Meredith sich gedacht.

Der Gedanke brachte sie auf eine Idee. Wenn die Höhle *groß genug zum Vögeln* war, war sie auch groß genug, um sich darin zu verstecken, nicht wahr?

Für den Bruchteil einer Sekunde zögerte sie am Rand des Beckens am Fuße des Wasserfalls. „Haben sie uns gesehen?"

„Ich glaube nicht", keuchte Tuss. „Beeil dich." Er deutete auf den steilen Pfad neben dem Wasserfall.

Sie griff nach seiner Hand. „Wenn wir dort hinauflaufen, können sie uns aus einem Kilometer Entfernung sehen."

Er verzog das Gesicht, als er verstand, was sie meinte. „Und die Alternative ist?"

„Wir springen hinein."

Er riss die Augen weit auf. „Und was dann?"

Sie hatte keine Zeit für Erklärungen. Sie führte ihn einfach zum Rand eines Felsens, der hoch über dem Becken am Fuße des Wasserfalls lag.

„Spring! Springe einfach!“, sagte sie und stürzte sich über die Kante.

Für einen kurzen Moment schwebte sie in der Luft. Dann schlug sie auf die Wasseroberfläche auf und tauchte unter. Ihr ganzer Körper fröstelte. Ihre Zehen streiften etwas Glitschiges am Boden, bevor sie wieder nach oben schoss und einen wilden Atemzug nahm.

„Wow“, murmelte Tuss, der einen Moment später neben ihr auftauchte.

Der Wasserfall war aus diesem Blickwinkel sogar noch beeindruckender. Noch wichtiger war, dass sie dank der Felsen, die das Gebiet umgaben, nicht zu sehen waren. Sie schwamm über das Wasser hinaus und zählte die Abschnitte des Wasserfalls. Hatte Mia den dritten Wasserfall von rechts oder den dritten von links gemeint?

Sie schwamm weiter und blinzelte das Wasser aus ihren Augen. Die Klippe hinter dem dritten Wasserfall von links sah zu steil aus, um eine Höhle zu bilden, also wandte sie sich dem rechten zu und kämpfte mit schnellstmöglichem und hektischem Kraulen gegen die Strömung der Wasserfälle an. Sie klammerte sich an den Felsen unter den Fällen fest und zog sich durch den tosenden Wasservorhang.

„Scheiße.“ Sie schlug mit der Hand verzweifelt gegen eine massive Felswand, während das Wasser über ihren Kopf schoss. Da war keine Höhle.

„Ich kann dich durch das Wasser sehen“, rief Tuss, der draußen an der Oberfläche strampelte.

Scheiße, scheiße, scheiße.

Sie schwamm durch den Wasserfall zurück und hielt neben Tuss inne, der diesen komischen Blick hatte, den er manchmal aufsetzte. Als hätte er vergessen, wer sie war, und als würde er nicht sie anstarren, sondern irgendeine olympische Athletin oder ein wunderschönes Model. Offensichtlich hatte er zu wenig Schlaf bekommen.

Sie blinzelte das Wasser aus den Augen und schwamm weiter. „Der dort.“

Andreiivichs Männer würden jeden Moment in Sicht kommen. Sie strampelte verzweifelt weiter und zwang sich zur dritten Kaskade von links. Das Wasser rauschte vor ihrem Gesicht in das Becken und ließ die Oberfläche schäumen und brodeln.

Gott, das konnte es nicht sein. Es war eine steile Wand aus Wasser, die auf eine steile Klippe zulief. Es sei denn…

„Sie kommen", zischte Tuss über das Tosen der Wasserfälle hinweg.

Sie holte tief Luft und tauchte ab, während sie um ein Wunder betete – zum Beispiel, dass sie nicht ertrinken oder an einem wunderschönen Morgen in den Tropen erschossen wurde.

Sie konnte nicht sagen, ob sie überhaupt vorankam. Dann schlug sie mit der rechten Hand gegen einen Felsen und stieß unter Wasser einen Schmerzensschrei aus. Wasser lief in ihren Mund und sie strampelte verzweifelt auf der Suche nach einem Durchgang weiter. Sie kickte, riss die Arme herum und schrie innerlich, als sie sich zwang, die Barriere des rauschenden Wassers zu überwinden.

Dahinter musste es eine Höhle geben. Es musste sie geben…

Kapitel 10

Tuss starrte auf die Kante des Wasserfalls eine Körperlänge vor sich. In einer Sekunde war Meredith noch da und in der nächsten war sie verschwunden.

Oder vielleicht war es gar nicht Meredith, denn sie hatte gerade wieder ihre Superwoman-Nummer abgezogen und sich vom Mädchen-von-nebenan in eine Meerjungfrau-im-Kampf-auf-See verwandelt.

Er holte tief Luft. Wie dem auch sei, sie war verschwunden. Und in diesem Fall sollte er ihr folgen, nicht wahr?

Sein Körper war voll und ganz dabei – er verschrieb sich ihrer Sache, ohne nachzudenken. Wie ein Soldat. Wie ein treuer Wachhund. Wie ein gottverdammtes Gänseküken, das sich an die falsche Gans gehangen hatte.

Beeil dich endlich. Folge deiner Frau, sagte eine innere Stimme.

Er starrte auf die Stelle, an der sie verschwunden war. Unter den Wasserfall zu schwimmen, war Wahnsinn, und er wusste es. Es gab keinen Weg hinaus. Oder doch?

Denk nicht zu viel darüber nach. Mach einfach.

Er holte tief Luft und tauchte ab. Das Wasser war so aufgewühlt, dass er nichts sehen konnte. Es schmerzte, die Augen offenzuhalten. Er starrte trotzdem verzweifelt auf der Suche nach Meredith herum. War sie unter Wasser gefangen? Hatte sie einen Weg hindurch gefunden? Er strampelte und trat gegen die Strömung an. Die Kraft des Wassers drückte auf seinen Rücken, als er trat, nach vorne griff und auf etwas Weiches traf.

Etwas, das jaulte und zuckte, als er auf der anderen Seite durch die Oberfläche schoss. Meredith schnappte nach Luft, packte ihn beim Hemd und zog ihn aus dem prasselnden Wasser.

„Still! Hier drüben." Sie zog ihn an den äußersten Rand der Höhle.

Dort hinten gab es einen Vorsprung, wo kein Wasser rauschte, und gerade genug Kopffreiheit für zwei Personen. Meredith kletterte hinauf, verschränkte die Beine und verschwand in der Dunkelheit.

Hätte er es riskieren können, ein Geräusch zu machen, hätte er gepfiffen, so beeindruckt war er.

Er hievte sich ebenfalls auf den Vorsprung. Es war gar nicht so dunkel, wie es schien, als er erst einmal drinnen war und hinausschaute. Die Sonne leuchtete durch die Wassermassen, die über den Wasserfall hinunterstürzten. In jeder anderen Situation wäre es spektakulär gewesen. Er kroch zu Meredith hinüber, die ihn in das V zwischen ihren Beinen zog und an ihre Brust drückte. Sie saßen da, klammerten sich aneinander, keuchten wild – und hielten ganz, ganz still.

Einen Moment lang war alles leise, doch dann ertönte eine Stimme von der anderen Seite des Wasserfalls. Viele Stimmen sogar – ein ganzer Suchtrupp von ihnen. Rufend. Spritzend. Suchend.

Tuss kroch noch tiefer in die geheime, kleine Höhle und tat sein Bestes, um so viel wie möglich von Meredith zu verbergen. Zum einen war seine Haut dunkler als ihre und obwohl sie keine große Barriere für eine Kugel darstellen würde, würde er alles tun, um sie zu schützen. Aber verdammt. Er hatte keine Waffe und keinen anderen Ausweg. Er konnte sich nur an die Hoffnung klammern.

Schritte kratzten über die Felsen über und um den Eingang der Höhle herum. Der verschwommene Schatten eines Mannes bewegte sich vor dem Wasserfall und Tuss hielt den Atem an.

„*Nee-kto. Nee-kto*", fluchte ein Mann. *Niemand hier.* Nicht, dass Tuss Russisch gesprochen hätte, aber manche Dinge brauchte man nicht zu übersetzen, um sie zu verstehen. Aber Mann, war der Kerl wütend.

Der Typ schaute hierhin und dahin, während Tuss vollkommen stillhielt. Jeder Muskel in seinem Körper war angespannt.

„Nee-kto", rief der Mann und ging schließlich weiter.

Tuss atmete langsam aus. Sehr langsam.

Ein weiterer Schatten bewegte sich über den Wasserfall und als ein kleiner Felsbrocken hinunterprasselte, verkrampften sich sowohl er als auch Meredith. Ihr Griff um seine Taille wurde fester und sie schauten beide nach oben.

Gott, sie sind direkt über uns, hätte sie genauso gut sagen können.

Er schaute sich um und betete, dass es keinen Hintereingang in diese Höhle gab.

Schreie ertönten, gedämpft durch das Rauschen des Wassers, und Meredith drückte ihren Kopf an seinen Rücken. Er bedeckte ihre Hände mit seinen und starrte auf den Eingang der Höhle. Wenn einer von diesen Ärschen jetzt hier hereinkäme, würde er... würde er... Gott, was würde er tun? Sicher, er würde sich auf sie stürzen, um Meredith zu schützen, aber sie waren bewaffnet. Was konnte er am Ende wirklich tun? Er ging ein Dutzend verzweifelte Möglichkeiten durch und entschied sich für den Plan, ihren Körper mit seinem abzuschirmen.

Die Männer draußen waren in eine Art Streit verwickelt. Frustriert, dachte er, weil sie ihre Beute verloren hatten. Die Russen schrien sich noch eine Minute lang an, bevor sie sich endlich einig wurden.

„Sie gehen", flüsterte Tuss und tätschelte Merediths Hand, als die Stimmen immer leiser wurden.

„Wir können noch nicht sicher sein", flüsterte sie ihm ins Ohr.

Er drückte ihre Arme an seine Brust und bewegte eine sehr lange Zeit keinen Muskel. Seine Beine fingen an, sich zu verkrampfen, und wenn er es wagte, seine Position leicht zu verändern, spürte er schmerzende Nadelstiche, weil seine steifen Glieder eingeschlafen waren.

„Wir werden eine Stunde warten", flüsterte er.

Meredith nickte mit einer schnellen, abgehackten Bewegung. Nach einer weiteren langen Pause flüsterte sie erneut. „Was glaubst du, was sie mit uns machen würden?"

Eine Frage, über die er nicht wirklich nachdenken wollte. Ihn würden sie auf der Stelle töten. Dessen war er sich ziemlich sicher. Die Frage war nur, ob sie ihm eine Kugel zwischen die Augen jagen oder etwas mehr Finesse an den Tag legen würden – zum Beispiel ihn zu ertränken, um es wie einen Unfall aussehen zu lassen.

Und Meredith... Er hatte eine schreckliche Vision, wie sie mit dem Gesicht nach unten auf dem Wasser trieb. Bewegungslos bis auf das Haar, das sich um ihren Kopf herum fächerte.

Er zog ihre Arme fester um sich und schüttelte dann den Kopf. „Ich weiß es nicht. Was genau hast du auf der Jacht gehört?"

Sie antwortete nicht sofort und als sie es tat, klang ihre Stimme gequält. „Die Zeit und den Ort des Treffens von Andreiivich mit Duarez."

Scheiße. Wenn Andreiivich glaubte, dass Meredith etwas ausplaudern würde, würde er sie ganz sicher umbringen.

„Und wann wird es stattfinden?"

„Morgen. Meinst du, wenn ich mich bis danach verstecke, wird er wissen, dass ich ihn nicht verraten habe, und die Suche nach mir aufgeben?"

„Ich bezweifle es. Der Mann ist ein egoistischer Mistkerl. Allein die Tatsache, dass du von einem seiner Geschäfte weißt, wird ihn wütend machen."

Er hatte selbst gesehen, wie Andreiivich den Leuten gegenüber, die für ihn arbeiteten, wegen kleinster Fehltritte ausrastete. Die Besatzung der *Tsareva* lebte auf Messers Schneide, wann immer der Chef in der Nähe war, aber die Bezahlung war so lukrativ...

Er stoppte sich bei diesem Gedanken. Gott, war er tatsächlich in diese Falle getappt? Der Verlockung des Geldes über alles andere erlegen?

„Hast du jemals etwas gesehen? Ich meine, irgendetwas Verdächtiges?", fragte Meredith.

„Verdammt, nein. Wenn es so wäre, hätte ich das Schiff schon vor langer Zeit verlassen." Er stoppte sich selbst, bevor er seine Stimme zu sehr heben konnte. „Oberflächlich betrachtet ist Andreiivich nur ein superreicher Geschäftsmann, der Urlaub in der Sonne macht." Er setzte den *Geschäftsmann* in Gänsefüßchen. „Aber es gibt Teile der Jacht, die niemand betreten darf. Sein Büro, sein Privatquartier. Selbst die Reinigungskräfte dürfen nur unter Popovs Aufsicht hinein. Also ja, ich würde sagen, Andreiivich hat sich ein paar Hausaufgaben mit auf die Reise gebracht.“

Danach waren sie beide still. Sehr, sehr still.

Er drückte sie fester und küsste ihre Schulter.

„Eins nach dem anderen“, flüsterte er und versuchte, nicht zu weit vorauszudenken. „Im Moment müssen wir uns nur darauf konzentrieren, zu deinem Boot zu gelangen.“

Meredith füllte ihre Lunge mit einem tiefen Atemzug, als sie langsam nickte. „Stimmt. Nur zurück zum Boot.“

Es klang so einfach. Aber verdammt, wie sollte es ihnen ungesehen gelingen?

Kapitel 11

Meredith hatte noch nie erlebt, dass eine Stunde in einer so seltsamen Mischung aus Besorgnis und Erleichterung vergehen konnte. Einerseits hatte sie Tuss. Und die Männer, die sie verfolgten, schienen weitergezogen zu sein. Andererseits, wer wusste schon, wie weit Andreiivichs Männer gegangen waren oder wann sie zurückkommen würden?

Sie und Tuss ließen eine zweite Stunde verstreichen, bevor sie einen Blick hinaus riskierten. Die Sonne stand hoch und bis auf die hohen, schrillen Rufe der tropischen Vögel und das Tosen des kühlen Wassers war alles ruhig. Der Himmel über ihr strahlte in einem satten, reinen Blau und die Ranken, die ihr Sichtfeld einrahmten, blitzten in sattem Grün.

Es war ein tropisches Paradies, das sie wegen des anhaltenden Schreckens in ihrem Magen nicht genießen konnte.

„Bereit?", flüsterte Tuss und streckte eine Hand aus.

Nicht wirklich bereit, aber sie konnte sich schließlich nicht den ganzen Tag in einer Höhle verstecken. Also nahm sie seine Hand und folgte ihm über die Felsen, die das Becken umgaben.

„Der Junge sagte, wir sollen in ein Tal gehen." Sie zeigte in eine Richtung und sprach leise. Jede Bewegung im Unterholz und jeder gackernde Vogelgesang ließ sie erschrocken zusammenzucken.

„Es sieht so aus, als wäre dies der einzige Weg aus den Bergen", stimmte Tuss zu.

Ihr Weg durch ein von Lianen überwuchertes Tal war bis auf das Knurren ihres Magens still, aber der gewundene Pfad gab ihr wenigstens etwas, worauf sie sich konzentrieren konnte. Stunden später erreichten sie eine Straße und fuhren per Anhalter auf dem Lkw einer Kakaoplantage zurück an die Küste. Als sie Grenville erreichten, war es bereits später Nachmittag, und sie verbrachten eine gute Stunde damit, sich im Hinterzimmer eines winzigen Restaurants zu verstecken – und zu essen. Das Lokal wurde von einer großen, mütterlichen Köchin geführt.

„Was hast du mit dem Mädchen gemacht?", tadelte die Köchin Tuss.

Ein Blick in den Spiegel verriet Meredith, wie schmuddelig sie aussah. Ihr Haar war mit Kletten und Blättern verfilzt und ihre Beine bis zu den Knien mit Schlamm bespritzt. Es war bereits ein höllischer Tag gewesen und er war immer noch nicht zu Ende.

„Ich tue mein Bestes", sagte Tuss und schaute Meredith an. „Ich tue mein Bestes", flüsterte er und sie wusste, dass es ein Versprechen war. Er würde ihr bis zum Ende dieser Sache beistehen.

Ihr Herz schlug beim Ton seiner Stimme ein paar Takte höher.

„Ah, Liebe", kicherte die Köchin.

Liebe. War das wirklich wahr? Meredith schüttelte den Kopf über sich selbst. Es war besser, jetzt nicht darüber nachzudenken. Nicht, wenn sie zu besorgt war, um klar denken zu können.

„Also", brach Tuss das Schweigen zwischen ihnen. „Sollen wir nach Prickly Bay oder zur Polizei gehen?"

Die Köchin steckte ihren Kopf aus dem Hinterzimmer. „Du hast das nette Mädchen in Schwierigkeiten gebracht?"

„Er hat mich aus Schwierigkeiten herausgeholt", antwortete Meredith und erntete ein breites Grinsen von Tuss.

„Die Polizei wird euch nicht helfen. Jedenfalls nicht hier." Die Köchin schüttelte traurig den Kopf.

Meredith tauschte einen Blick mit Tuss aus. Ja, das hatte sie sich schon gedacht.

„Prickly Bay", sagte sie und wartete darauf, dass Tuss nickte. Dann wandte sie sich an die Köchin. „Kennen Sie jemanden, der uns vielleicht dort hinbringen könnte?"

„Gebt mir eine Stunde. Ich werde euch eine Mitfahrgelegenheit besorgen. Mach dir keine Sorgen, Schätzchen."

Meredith machte die Wartezeit nichts aus. Nicht, wenn der Deckenventilator des Restaurants kühle Luft auf sie blies. Die kalten Getränke und das Gefühl, nicht gesehen zu werden, halfen ebenfalls. Genauso wie die Unterhaltung, die mit Tuss so wie immer überaus angenehm war. Zuerst widmeten sie sich leichten Themen und später schwierigeren.

„Wie bist du überhaupt auf der *Tsareva* gelandet?", fragte sie.

Tuss schüttelte den Kopf und seufzte. „Lange Geschichte."

Sie schenkte ihm ein halbherziges Grinsen. „Ich habe gerade zufällig eine Stunde Zeit."

„Ich wollte so viel von der Karibik sehen wie möglich. Und das aus so vielen verschiedenen Blickwinkeln wie möglich, bevor ich im September meinen neuen Job antrete."

An diesen Teil erinnerte sie sich.

Er hielt inne und starrte auf die Eiswürfel in seinem Glas, während ein paar stille Sekunden verstrichen. „Ich wollte noch einmal ganz von vorne anfangen. Wieder auf Kurs kommen."

„Wieder auf Kurs?" Sie neigte den Kopf in seine Richtung. Gerade Tuss wirkte nicht wie ein Mann, der vom Kurs abgewichen war.

Er verzog das Gesicht, als würde er über vergangene Fehler nachdenken. „Als ich mein Studium abgeschlossen hatte, bekam ich einen Job bei dieser Investmentfirma und ich dachte mir, dass ich das eine Zeit lang machen würde. Die Idee war, viel zu lernen – und viel zu verdienen –, um schließlich zu dem überzugehen, was ich wirklich machen wollte."

„Und das war?"

„Ich wollte wie meine Eltern sein und an Entwicklungsprojekten arbeiten, die den Menschen helfen, sich selbst zu helfen. Damit sie ein besseres Leben führen können. Du weißt schon."

Ja, sie wusste, wovon er sprach. Genau aus diesem Grund hatte sie Medizin studiert – und vielleicht, nur vielleicht, auch, um ihre eigenen Dämonen zu vertreiben.

„Ich dachte, ich würde vielleicht zwei Jahre in der Firma arbeiten, reiche Leute noch reicher machen und gutes Geld verdienen, bevor ich das anfange, was ich wirklich machen wollte. Aber aus zwei Jahren wurden vier und aus vier Jahren wurden fünf und dann wurde ich befördert... Und nach einer Weile ist man irgendwie gefangen."

Sie nickte. Sie hatte schon viele Leute erlebt, die genau diesen Weg gegangen waren. Wie ihr Cousin Seb, der Gefahr gelaufen war, sich zu Tode zu schuften, bevor er sich eine Auszeit genommen hatte, um auf der *Serendipity* zu segeln. Eine lebensverändernde Zeit für ihn, ebenso wie für seinen Bruder Tobin und ihre eigene Schwester Mia. Die *Serendipity* schien ein Händchen dafür zu haben, verlorenen Seelen zu helfen, ihren Weg zu finden.

Wenn es für sie doch nur auch funktionieren würde.

Innerlich schnaubte sie leicht – ja, *richtig, als ob* – und wandte ihre Aufmerksamkeit wieder Tuss zu. „Also bist du ausgestiegen?"

Er nickte. „Ich ging nach Haiti und arbeitete bei einer kleinen Stiftung für Mikrokredite. Dort wurde mir klar, dass ich in all den Jahren, in denen ich in Nordamerika im Finanzwesen tätig war, nichts über das Finanzwesen hier unten gelernt habe. Aber Haiti ist nur ein kleiner Teil der Karibik. Ich wollte sehen, wie die anderen Inseln sind und wie die Menschen dort leben. Also habe ich auf einem Segelboot angeheuert. Ich bin eine Zeit lang mit einem Schweden gesegelt und dann mit Dirk. Dann nahm ich den Job bei der *Tsareva* an, weil ich dachte, dass Megajachten viel Geld auf die Inseln bringen. Sie geben ihr Geld aus, aber kaum etwas davon kommt in der lokalen Wirtschaft an. Und ich wollte Wege finden, das zu ändern. Und dann habe ich... "

Sie lehnte sich näher zu ihm und war von jedem Wort gefesselt. Er formte die Luft mit seinen Händen, während er sprach, und verlieh seinen Träumen Form, Energie und Leben.

„Wo ist dein neuer Job?", fragte sie, als er schwieg. Sie war begierig darauf, noch mehr zu hören.

„Miami. Ich fange im September an."

„September, was?", murmelte sie.

„Ja. Wie lange segelst du durch die Karibik?", fragte er und hielt kurz inne, als wäre er mit dieser Frage zu weit gegangen.

Ihr Puls raste und ihr gingen tausend verrückte Ideen durch den Kopf. Sie könnte fast überall einen Job finden. Vielleicht hätte Tuss nichts dagegen, es eine Zeit lang auszuprobieren. Vielleicht...

Sie unterbrach diese Gedanken, bevor sie mit ihr durchgingen. „Das hier hat für mich irgendwie noch ein offenes Ende. Ich dachte, ich würde für immer in der Karibik bleiben wollen, aber da ich allein bin... “ Sie unterbrach sich und trank einen Schluck aus ihrem Glas, bevor sie fortfuhr. „Jedenfalls habe ich genug gespart, um eine Weile Pause zu machen. Früher oder später werde ich mir einen neuen Job suchen“

„Welche Art von Job? Und wo?“

Sie hob die Hände in die Luft und ließ sie dann wieder sinken. „Ich schätze an irgendeinem neuen Ort. Eine kleine Familienpraxis wäre schön. Ein Job, bei dem ich eher die Halsschmerzen eines Kindes als eine Schusswunde behandeln werde.“

Tuss nickte, als wüsste er genau, was sie meinte. Sie ertappte sich dabei, wie sie ihn aufmerksam beobachtete und auf ein Zeichen hoffte.

Er öffnete den Mund, um etwas zu sagen, und sie beugte sich vor, ganz Ohr.

„Meredith, ich habe gedacht... “

„Die Mitfahrgelegenheit ist jetzt da.“ Die Köchin kam herein und unterbrach ihn. „Seid ihr bereit, zu gehen?“

Meredith lehnte sich von Tuss weg und ließ ein höfliches Lächeln aufblitzen. „Oh. Vielen Dank. Das ist großartig. Bist du so weit?“, fragte sie Tuss und versuchte, locker und unbeschwert zu klingen.

Er biss sich auf die Lippe, als wollte er die Worte zurückhalten, die ihm auf der Zunge lagen.

„Sicher“, flüsterte er und stand schließlich auf. „Sicher.“

Und einfach so war der Moment für Geständnisse vorbei.

In dem Augenblick, in dem Meredith die Rechnung bezahlte und nach draußen trat, verflüchtigte sich das Gefühl der Ruhe, das sie im Restaurant gespürt hatte. Sie schaute sich um, bevor sie in den Minibus sprangen, der draußen wartete. Tuss sprang hinter ihr her und als er die Seitentür zuschlug, lastete das Gewicht der Welt erneut auf ihren Schultern.

„Was glaubst du, wo sie jetzt sind?", flüsterte sie, als der Fahrer losgefahren war.

Der Kleinbus quietschte auf seinen Federn und selbst die Reggae-Musik aus den Lautsprechern konnte ihre Weltuntergangsstimmung nicht vertreiben. Andreiivich würde seine Männer die Jagd nicht aufgeben lassen. So viel wusste sie.

Tuss antwortete nicht, aber seine zusammengepressten Lippen waren Antwort genug.

„Wenn du sie wärst...", begann Tuss.

„Du meinst, wenn ich ein verrückter Mafioso wäre, der eine Frau sucht, die nichts verbrochen hat?"

Er drückte ihre Hand und sie seufzte. „Ich schätze, ich würde ihr Boot im Auge behalten."

Er nickte langsam. „Genau das habe ich auch gedacht. Sollen wir wirklich dort hinfahren?"

Sie spielte mit dem Saum ihres Oberteils – ihres schlammverschmierten, juckenden T-Shirts. „Ich glaube nicht, dass sie wissen, welches Boot meins ist. Und überhaupt, haben wir denn eine Wahl?"

Das war die Eine-Million-Dollar-Frage, die sie sich auf der kurvenreichen Küstenfahrt nach Prickly Bay tausendmal stellte.

„Sind Sie sicher, Mon?", fragte der Fahrer des Minibusses, als sie ihn schließlich an den Straßenrand winkte. Sie waren noch fast einen Kilometer von Prickly Bay entfernt, aber es schien nah genug zu sein.

Im Westen tauchte die untergehende Sonne den Himmel in ein Dutzend Farben, während die Dunkelheit von Osten hereinbrach und die letzten Spuren des Tages allmählich verwischte. Normalerweise wäre sie gern auf direktem Weg zu ihrem Ziel gefahren, aber nicht heute Abend.

„Danke, aber hier ist es gut."

Alles hing davon ab, ihr Boot unbemerkt zu erreichen. Andreiivichs Männer hatten sie in Prickly Bay abgeholt, aber sie hatten die *Serendipity* nicht wirklich gesehen. Wenn sie es an Bord schafften, ohne dass jemand sie entdeckte...

Sie holte lang und tief Luft. Der Plan steckte voller *Wenns*. Zu viele für ihren Geschmack.

„Genau hier ist gut", wiederholte Tuss. Seine Stimme hatte einen heiseren Hör-auf-meine-Frau Ton, der es bis in ihre Zehenspitzen kribbeln ließ.

Sie griff nach seiner Hand – eine Geste, die schnell zur Gewohnheit wurde, verdammt noch mal –, bedankte sich bei ihrem Fahrer und stieg dann mit dem Rucksack in der Hand aus dem Wagen.

„Dort lang." Sie ging voran, nachdem sie die Seitenstraße noch ein paarmal geprüft hatte. Sie bahnten sich einen Weg durch einen Streifen im Dschungel und kamen dann an einem Sandstrand heraus.

„Wie weit ist dein Boot entfernt?", fragte Tuss, als sie durch das Gebüsch spähten. Sie flüsterten beide, um unentdeckt zu bleiben.

„Siehst du das große, schicke Aluminiumboot dort?" Sie zeigte darauf. Tuss sah beeindruckt aus, also beeilte sie sich, weiterzusprechen. „Meins ist das Elfmeterboot dahinter."

Meins. Es fiel ihr immer noch schwer, an das Boot als ihr eigenes zu denken. In ihrer Vorstellung war es immer noch das Boot ihres Großvaters, auch wenn sie und ihre Cousins es geerbt hatten.

Tuss pfiff leise. „Nettes Boot. Schöne, klassische Formen. Eine Valiant?"

Fast dachte sie, sie hätte sich verhört. Die meisten Leute kommentierten die kompakte Größe der *Serendipity* und wenn sie *klassisch* sagten, meinten sie *alt*. Aber Tuss' Stimme hatte einen ganz anderen Klang.

„Ja, es ist eine Valiant", sagte sie. Der Mann kannte sich mit Booten aus, so viel war klar. „Und das Schlauchboot ist gleich dort... "

Sie verstummte, weil ein schnittiger Mercedes im Lichtkegel der einzigen Straßenlaterne in der Nähe der Anlegestelle für Schlauchboote parkte. Ein einzelner orangefarbener Punkt glühte auf und erlosch. Das Blut gefror in ihren Adern.

Popov. Der Russe überwachte ihr Schlauchboot. Was bedeutete...

Tuss zog sie in die entgegengesetzte Richtung rund um die Bucht. „Ein perfekter Abend zum Schwimmen, findest du nicht auch?“

Sie folgte ihm nur widerwillig, denn das Schlauchboot aufzugeben, bedeutete, tausendfünfhundert Dollar wegzuwerfen. Sie und Mia hatten es nach Mias Missgeschick auf Bonaire gerade erst gekauft.

„Dein Leben ist wertvoller als dieses Schlauchboot“, flüsterte Tuss und las ihre Gedanken. „Und die gute Nachricht ist, dass sie die *Tsareva* nicht in diese Bucht verlegt haben, um Wache zu halten.“

Sie schluckte und nickte. Keine Megajacht in Sicht.

„Was glaubst du, wo die *Tsareva* ist?“

„Bestimmt immer noch in St. George’s. Sie wollten auftanken und ein Schiff dieser Größe kann man nicht einfach an einer Tankstelle auffüllen.“

Immerhin etwas. Sie hatte Hoffnung.

Sie führte ihn über den Sand und deutete in die zunehmende Dunkelheit. „Das hier ist der nächstgelegene Punkt.“

Tuss nickte und blickte lässig über das Wasser, als würde er an jedem Abend lange Strecken im offenen Meer schwimmen. Dann griff er an den Kragen seines weißen Poloshirts. Das *Tsareva*-Logo war mit Schlamm verschmiert und ein Ärmel war zerrissen.

„Hast du zufällig ein T-Shirt für mich auf deinem Boot?“

Sie neigte den Kopf zu ihm. „Nun, meine Cousins haben ein paar schmuddelige Arbeits-T-Shirts an Bord gelassen…“

„Perfekt“, sagte er, riss sich das Polo ab und warf es beiseite. „Denn von diesem hier habe ich genug.“

„Gott, wenn meine Schwester mich jetzt sehen könnte“, murmelte Meredith und watete zaghaft ins Wasser.

„Warum?“

„Lange Geschichte“, seufzte sie und fing an, zu schwimmen. Wenn sie Glück hatte, würde sie irgendwann eines Tages Zeit haben, Tuss von all den verrückten Abenteuern zu erzählen, die ihre Schwester und ihre Cousins auf der *Serendipity* erlebt hatten. Falls er lange genug in der Nähe blieb, um sie zu hören, meinte sie. Und falls sie es schafften, sich unbemerkt aus der Bucht zu stehlen.

Falls, falls, falls…

Das Einzige, worüber sie sich auf dem Weg zur *Serendipity* keine Sorgen machte, waren Haie. So viel Pech konnte sie doch sicher nicht haben. Sie grübelte darüber nach, während sie in langen, unruhigen Zügen schwamm. Wie viel Pech sie gehabt hatte, Andreiivich in die Quere gekommen zu sein. Wie dumm von ihr, dass sie sein an sein Handy gegangen war. Aber wenn der russische Milliardär nicht gewesen wäre, wäre sie Tuss vielleicht nie wieder begegnet. Also ... Glück gehabt? Pech? Sie konnte sich nicht recht entscheiden.

„Uff", keuchte Tuss, als sie beide schließlich eine Hand an der Heckleiter der *Serendipity* hatten. „Wir haben den Tag mit einer Wanderung durch den Regenwald begonnen..."

Sie lachte. Als wäre der Sprint vom Dorf zum Wasserfall eine Wanderung gewesen.

„Dann sind wir getrampt, jetzt schwimmen wir. Und jetzt segeln wir gleich", schloss Tuss.

„Jetzt brauchen wir nur noch ein Flugzeug", fügte sie hinzu.

„Hast du zufällig eins?"

„Leider nicht."

In der Sekunde, als sie das sagte, musste sie an Pierre denken, den französischen Piloten. Er hatte ein Flugzeug und arbeitete für die Polizei.

Für die französische Strafverfolgungsbehörde, die wahrscheinlich nicht so anfällig für Korruption war wie die Behörden dieser Insel. Aber wie sollte sie ihn kontaktieren?

Der Gedanke, um Hilfe zu rufen, verflüchtigte sich in dem Moment, als sie das Deck der *Serendipity* betrat. Das Boot befand sich genauso in Gefahr wie sie selbst und im Gegensatz zum Schlauchboot war es mehr als nur ein Boot. Die *Serendipity* war praktisch ein Teil ihres Großvaters und sie war voller Erinnerungen an ihre Familie und gute Zeiten. Sommer, in denen sie zu kleinen und großen Abenteuern aufgebrochen waren. So viele Jahreszeiten, so viele Erinnerungen.

Sie schloss den Niedergang auf und starrt eine gute Minute lang auf das Bild, das über dem Kajütentisch hing. Ihr Großvater saß im Vordergrund und steuerte die *Serendipity*, um die sich Meredith, ihre Schwester und ihre Cousins scharten. Die neunjährige Version ihrer selbst blickte ernst auf das Meer hinaus und war völlig ahnungslos, was die Zukunft bringen würde.

Das Gute. Das Schlechte. Alles dazwischen.

Sie strich mit der Hand über das lackierte Gebälk. Auf gar keinen Fall würde sie zulassen, dass diesem Boot etwas passierte. Niemals!

„Ich schaffe das", flüsterte sie über das Deck.

„Was?", rief Tuss und sie wirbelte herum.

Sie räusperte sich. „Wir schaffen das." Sie lächelte trotz der vielen *Falls*, die durch die nächtliche Brise schwirrten. *Wir* klang so viel besser als das einsame alte *Ich*.

Er grinste. „Wir schaffen das. Weise uns einfach den Weg."

„Du lichtest den Anker, ich steuere?"

„Aye, aye, Kapitän", sagte er.

Fast hätte sie ihn korrigiert. Ihr Großvater war der Kapitän. Sie war nur Crew. Aber dann schaute sie über das Deck auf die Leinen, die sie aufgespannt hatte, und auf das Segel, das sie fein säuberlich festgebunden hatte. Wow! Sie war jetzt wirklich der Kapitän.

Tuss stand still da und beobachtete sie, während er darauf wartete, dass sie anfing.

Dann fang endlich an, sagte eine innere Stimme.

Sie schluckte und versuchte, zuversichtlich zu klingen. „Okay, lass uns alles noch einmal prüfen... "

Dreißig Minuten und ein Dutzend Kontrollen der Karte später waren sie endlich bereit, abzulegen. Ihr Großvater hatte es immer zu einem Ritual gemacht, das Boot startklar zu machen, und sie tat es genauso – bis hin zum letzten Schritt, dem Eintrag ins Logbuch des Schiffes. Sie warf einen Blick auf die Uhr und auf den Kalender ... und hielt sofort inne.

Es war acht Uhr abends am sechzehnten – dem Jahrestag von Marcos Selbstmord. Gott, das hatte sie völlig vergessen, was absolut schrecklich war. Sie wartete darauf, dass ein Tsunami von Schuldgefühlen sie überspülte.

Und wartete.

Und wartete.

Und dann wurde ihr etwas klar. Zum ersten Mal in den letzten zwölf Jahren hatte sie einen ganzen Tag lang nicht wie besessen an Marco gedacht. Sie hatte sogar überhaupt nicht an ihn gedacht. Natürlich war sie um ihr Leben gerannt, aber es hatte auch ruhige Momente gegeben, in denen ihre Gedanken zu ihm hätten abschweifen können – sollen.

Aber das hatten sie nicht getan. Langsam drehte sie sich um und schaute zu Tuss, der im Cockpit auf sie wartete.

Gott, sie war wirklich bereit, neu anzufangen.

„Bereit?" Er schenkte ihr ein ermutigendes Lächeln.

„Bereit." Sie kletterte ins Cockpit und nahm ihre Position am Steuer ein, wo sie sich auf die Lippe biss, während Tuss nach vorne ging.

„Anker lichten", murmelte sie vor sich hin.

Sie würde ihre Gefühle später verarbeiten – vielleicht nach einer schönen, langen Runde des Sterneschauens, wenn sich die Dinge beruhigt hatten. Im Moment musste sie handeln, nicht nachdenken. Und zum gefühlt ersten Mal in ihrem Leben wusste sie genau, was sie zu tun hatte und wie sie es tun würde. Es gab keine Bedenken. Keine Selbstzweifel.

Sie würde aus Prickly Bay verschwinden und in Richtung Norden nach Martinique segeln – in französisches Territorium mit zuverlässiger, französischer Polizei. Sie würde sich und das Boot in Sicherheit bringen und sobald sie diesen Schlamassel – irgendwie – in den Griff bekommen hatte, würde sie das tun, was sie eigentlich tun sollte – erkunden. Genießen. Vielleicht sogar ohne Schuldgefühle leben.

Tuss warf einen Blick zurück und sie gab das vereinbarte Handzeichen. Jetzt ging es darum, still zu sein, was bedeutete, keine Lichter und keinen Motor, um sich aus dem überfüllten Ankerplatz zu manövrieren. Nichts als stille Gebete.

Tuss zog die Ankerkette eine Handlänge nach der anderen hinauf und sie beobachtete das Ufer mit Argusaugen. Die Anlegestelle für das Schlauchboot war hinter den anderen Booten versteckt, aber Andreiivichs Männer würden auf jedes Zeichen von Aktivität lauschen. Gott sei Dank, gab es das ohrenbetäubende Geräusch des Tauchkompressors an Bord der *Nemo*, die nahe am Ufer ankerte.

Tuss' nackter Rücken glänzte unter einer feinen Schweißschicht, als er das Signal für ‚Anker oben' gab – ein Anblick, der sie gerade genug ablenkte, um ein paar Schmetterlinge in ihrem Bauch zu zerstreuen. Sie rollte einen kleinen Teil des Segels aus, um die leichte Brise einzufangen, und hielt den Atem an, als das Boot durch den Ankerplatz geisterte.

„Gott sei Dank, haben wir ablandigen Wind", flüsterte sie, als Tuss zurückkam und sich an ihre Seite gesellte. „Vielleicht schaffen wir es tatsächlich hinaus."

„Zum Glück verdecken die Wolken den Mond." Er schaute nach oben und dann in Richtung Land hinüber. Es war gerade dunkel genug, um die Küstenlinie nur schwer erkennen zu können, und es gab genügend Boote am Ankerplatz, hinter denen sie sich verstecken konnten, während die *Serendipity* halb treibend, halb segelnd die Mündung der Bucht ansteuerte.

Sie drückte seine Hand und sagte den Rest nur zu sich selbst. *Gott sei Dank, gibt es dich.*

„Können wir ein Stückchen mehr Segel riskieren?"

Sie schüttelte den Kopf, denn sie wollte nicht riskieren, dass ein größeres Stück weißes Segeltuch irgendwelche Blicke auf sich zog.

„Kannst du bitte das GPS prüfen?"

„Aye, aye, Kapitän." Er warf einen Blick auf die Instrumententafel im Inneren.

Kapitän. Meredith Whitman, Kapitän. Sie ließ sich den Titel durch den Kopf gehen. Es hatte sie jeden Funken Entschlossenheit gekostet, allein an Bord zu bleiben, nachdem ihre Schwester abgereist war. Allein zu segeln war viel unheimlicher als mit Freunden. Aber mit Tuss an Bord... Sie beobachtete, wie er den Kopf erneut hob, um Ausschau zu halten. Gott, er war eine tolle Crew. Die Art von Mannschaft, die ihr das Selbstvertrauen gab, dem Titel des Kapitäns gerecht zu werden.

„Siehst du die Koordinaten, die meine Schwester auf unserem Weg hierher programmiert hat?", fragte sie.

„Wie eine Spur Brotkrumen, der wir nach draußen folgen können. Perfekt." Er bückte sich hinunter, um noch einmal auf das Display zu schauen, und zeigte dann nach links. „Nur ein kleines Stück nach Backbord..."

Die *Serendipity* segelte leise durch die geschützten Gewässer der Prickly Bay. In dem Moment, als sie um die Ecke der Landzunge bogen, frischte der Wind auf und Meredith ließ mehr Segel aus. Sie versteifte sich, als das Boot über immer höhere Wellen schaukelte. Jetzt, da sie die geschützte Bucht verlassen hatten, war die *Serendipity* dem offenen Meer und einem starken Südwestwind ausgesetzt.

„Prüfe die Karte!", rief sie, während das Boot über die aufgewühlten Wellen schaukelte. „Wie weit müssen wir in diesem Chaos noch hinausfahren?"

„Noch eine Weile. Halte diesen Kurs."

Der Plan, den sie auf die Schnelle ausgeheckt hatten, sah vor, entlang der Ostküste Grenada nach Norden zu segeln – eine raue Fahrt entlang einer gefährlichen Küste, aber die Route, die Andreiivich am wenigsten von ihnen erwarten würde.

Sie segelten eine unangenehme Stunde lang weiter, aber selbst das fühlte sich in gewisser Weise gut an – wieder auf der *Serendipity* zu sein und sich davonzumachen. Je weiter sie segelten, desto mehr konnten sie ihren Kurs nach Norden ändern und das Boot auf einen angenehmeren Kurs lenken. Innerhalb einer weiteren Stunde glitt die anmutige kleine Schaluppe viel sanfter dahin. Und wie durch ein Wunder war die Dünung, die über den Atlantik kam, lang und gleichmäßig, und nicht aufgewühlt.

„Los, Baby, los!", brüllte Tuss, als das Boot in einen anmutigen Rhythmus fiel.

„Besser als eine Megajacht?", stichelte sie und war erleichtert, dass die Luft rein war.

Tuss schüttelte den Kopf. „Auf einer Megajacht zu sein, ist doch kein Segeln. Das hier ist Segeln!" Er hob beide Arme, um den Wind und die Aussicht in sich aufzusaugen.

Tausend Sterne schauten zwischen den Wolken hervor. Grenada war eine dunkle, schlummernde Landmasse an der Backbordseite der *Serendipity*. Der Duft von Muskatnuss und Vanille vermischte sich mit der salzigen Luft des Ozeans und füllte ihre Lunge.

„Martinique, wir kommen!", rief Tuss.

Er war wie ein aufgewecktes Kind bei seinem ersten Nacht-
segelausflug. So wenige Menschen verstanden die Freude des
Segelns und doch hatte sie in Tuss einen Seelenverwandten gefunden.

„Klopf auf Holz." Sie klopfte auf den Rumpf. „Wir sind
noch nicht in Sicherheit."

Martinique war hundertsechzig Seemeilen entfernt und lag
sicher auf französischem Gebiet – aber das war nur Option A.
Option B war, nach Saint Vincent zu segeln, dem nächsten In-
selstaat in der Kette der kleinen Antillen. Saint Vincent war
nur fünfundsiebzig Meilen entfernt, – immer noch eine Nacht-
fahrt und ohne Sicherheitsgarantie, da es dort möglicherweise
korrupte Polizisten gab.

Das Problem war, dass nichts Andreiivich davon abhielt,
die *Serendipity* zu jagen, ganz gleich, wohin sie segelten. Die
Serendipity konnte niemals weit genug segeln – und schon gar
nicht schnell genug –, um der Megajacht zu entkommen, wenn
sie ihren Weg kreuzte.

Als sie das Steuer fester umklammerte und sich umdrehte, um über ihre Schulter zu schauen, las Tuss ihre Gedanken
wie ein offenes Buch. „Das Wichtigste zuerst", murmelte er.
„Wir bringen so viel Abstand wie möglich zwischen uns und
die *Tsareva*. Dann kümmern wir uns um den Rest. Okay?"

Sie schaute ihn an und wagte nicht, zu fragen, ob er genauso dachte wie sie: Ob *der Rest* vielleicht noch etwas mehr
gemeinsame Zeit unter besseren Umständen als diesen beinhal-
ten würde.

„Okay", flüsterte sie und hielt den Atem an.

Kapitel 12

Während der ersten Stunde der langen, stürmischen Fahrt nach Norden beobachtete Tuss die unebene Küstenlinie, die Wellen und den Windanzeiger hoch oben auf dem Mast.

In der zweiten und dritten Stunde beobachtete er Meredith. So wie der Wind durch ihr Haar wirbelte und wie sich die Sterne in ihren Augen spiegelten, hätte sie Blackbeards Tochter sein können. Es brauchte nicht viel Fantasie, um ihr einen Entersäbel in die Hand zu legen und ein Kopftuch um den Kopf zu binden.

„Arr!", würde sie vom Achterdeck ihres Piratenschiffs rufen. „Norden! Wir segeln nach Norden!"

Und verdammt, er würde ihr sofort folgen, denn sie sah aus, als wüsste sie, was sie tat. Kein Anzeichen von Nervosität, nicht einmal, als das Boot gegen den Wind ankämpfte. Keine Spur von der ängstlichen, zweifelnden Seite, die sie manchmal überwältigte. Nicht jetzt.

„Aye, aye, Kapitän", murmelte er jedes Mal, wenn sie ihn aufforderte, die Segel zu trimmen oder die Karte zu prüfen. Er hatte in den drei Monaten, die er bisher in der Karibik verbracht hatte, eine Menge über das Segeln gelernt, aber Meredith hatte es offensichtlich im Blut. Er konnte es daran erkennen, wie ihre Nasenlöcher bebten, um den Wind zu prüfen. Dies war ihr Boot und sie hatte es eindeutig im Griff.

„Was wir brauchen, ist ein gutes, altmodisches Piratenversteck", scherzte er halb, als die See sich etwas beruhigt hatte.

„Ich arbeite daran." Ihre zusammengepressten Lippen verrieten ihm, wie angespannt sie immer noch war.

„Erzähl mir von dem Boot", bat er und hoffte, die Ablenkung würde helfen.

Sie neigte den Kopf zu den Sternen, als würde die Geschichte dort beginnen. „Die *Serendipity* gehörte meinem Großvater. Er hat das Boot vor vielen Jahren gekauft und uns immer zum Segeln mitgenommen."

„Uns?"

„Mich, meine Schwester und meine Cousins. Es war großartig. An Wochenenden, im Sommer. Manchmal nur für einen Tag und manchmal für eine ganze Woche." Sie lächelte die Sterne an wie vertraute alte Freunde. „Als er starb, hat er uns die *Serendipity* hinterlassen. Uns allen."

Ein durchschnittlicher Mensch, so dachte er, hätte das Boot auf den Markt gebracht und mit dem Geld ein neues Auto oder einen Strandurlaub finanziert. Aber Meredith... Wow.

„Meine Cousins Seb und Tobin sind mit der *Serendipity* den ganzen Weg von Neuengland hier hinunter gesegelt. Dann segelte Seb mit seiner Freundin nach Bonaire und meine Schwester und ich segelten zusammen nach Grenada..." Dann verstummte sie und das Lächeln wich von ihrem Gesicht. „Und jetzt bin ich dran."

„Allein?"

Sie zuckte steif mit den Schultern. „Mia musste zurück zur Arbeit, genau wie meine Cousins."

„Und wo wolltest du hin?"

„Du meinst, bevor der Plan sich dahin gehend änderte, so weit wie möglich von Andreiivich wegzusegeln?" Sie zuckte mit den Schultern. „Vielleicht nur nach Saint Lucia, vielleicht auch etwas weiter. Ich dachte, ich entscheide es, während ich unterwegs bin."

Sie schaute ihn eine Sekunde lang an und wandte ihren Blick dann ab. „Und was ist mit dir?"

Jetzt war er an der Reihe, zu den Sternen aufzuschauen. Er hatte einen Plan gehabt, der viel Sinn machte, bevor er die Wahrheit über seinen letzten Chef erfuhr. Bevor das Schicksal Meredith zu ihm zurückbrachte.

„Ich schätze, ich werde es auch spontan entscheiden."

Ihre Blicke trafen sich und sprachen alle möglichen Hoffnungen und Fantasien aus, die keiner von ihnen in diesem Moment in Worte zu fassen wagte.

Dann riss Meredith ihren Blick von ihm los und er tat es ebenfalls. Er schaute sich um und tätschelte das Deck. Ein nettes, kleines Boot. Stilvoll, wie Meredith. Auch robust wie sie, aber gleichzeitig anmutig.

Sie seufzte leise. „Gott, wie spät ist es?"

Er warf einen Blick auf die Uhr. „Willst du das wirklich wissen?" Sie waren den ganzen Tag auf der Flucht gewesen und hatten letzte Nacht viel zu wenig Schlaf bekommen.

Sie nickte knapp.

„Es geht schon auf Mitternacht zu." Er warf einen Blick auf die Instrumente, die in der Kajüte unter ihm schwach rot leuchteten. „Etwa zwanzig Seemeilen, bis wir die Nordspitze von Grenada passieren."

„Etwa vier Stunden", sagte sie.

Sie segelten in Schichten, wobei eine Person steuerte, während sich die andere in der Nähe zum Schlafen ausstreckte. Meredith steuerte und hielt in den ersten zwei Stunden Wache. Er übernahm die nächsten zwei Stunden, in denen sie die drei kleinen Inseln vor der Nordostecke Grenadas ansteuerten. Er hatte Meredith gerade das Steuer zurückgegeben und wollte wieder in einen traumlosen Schlaf versinken, als sie plötzlich fluchte.

„Scheiße. Bitte, nein", murmelte sie.

Ihr Tonfall ließ ihn sofort aufrechtsitzen. „Was?"

Im Osten ging gerade die Sonne auf und färbte den Horizont in Dutzende Schichten aus Orange und Rosa.

Meredith deutete nach Westen. „Ein anderes Boot. Ein großes."

„Fischerboot? Segelboot?"

In dem Augenblick, als er das Schiff sah, wurde ihm sofort mulmig. Ein Luxusschiff mit vier beleuchteten Ebenen, zwei Satellitenkuppeln über der Brücke und vier blaugetönten Fenstern rund um die Kommandobrücke herum konnte nur die...

„*Tsareva*?", fragte Meredith.

„*Tsareva*." Er murmelte den Namen wie einen Fluch.

„Scheiße. Hat uns jemand gesehen? Uns gemeldet?", schrie Meredith. „Haben sie beschlossen, die Insel zu umrunden, um nach uns zu suchen?"

„Was auch immer es war, sie sehen uns jetzt." Die Megajacht steuerte direkt auf die *Serendipity* zu.

„Wie schnell fahren sie? Fünfzehn Knoten im Vergleich zu unseren fünf?", protestierte sie.

Er schaute sich um. Wie zum Teufel sollten sie aus dieser Situation herauskommen? Der verstärkte Rumpf der *Tsareva* war durchaus in der Lage, ein Schiff wie die *Serendipity* zu rammen.

Sie würden die Megajacht niemals abhängen können. Sie konnten sich nicht verstecken oder um Hilfe rufen...

Meredith schien die gleichen Optionen abzuwägen. „Einen Mayday-Ruf senden? Die Küstenwache rufen?"

„Grenada hat eine Küstenwache?"

Sie ließ die Schultern hängen. „Vielleicht nicht... Warte! Übernimm das Steuer!"

Und einfach so übergab sie ihm das Steuer und huschte nach vorn.

„Ähm, Mer?"

Sie sprang in die Kajüte und murmelte etwas von der Küstenwache.

„Welche Küstenwache?"

„Die französische Küstenwache."

Französisch? Er schaute nach Norden und dachte an die mehr als hundert Seemeilen Wasser, die sie von Martinique trennten. Die *Tsareva* würde die *Serendipity* in wenigen Minuten einholen, nicht in Stunden, und schon gar nicht in den vierundzwanzig Stunden, die es dauern würde, französisches Gewässer zu erreichen.

„Pierre...", murmelte sie und griff nach dem Hörer des Funkgeräts.

Pierre? Seine Nackenhaare stellten sich sofort auf. Wer zum Teufel war Pierre?

„Mayday. Mayday. Mayday", schrie Meredith halb ins Mikrofon und wiederholte jedes Wort dreimal, so wie es die Funkvorschriften verlangten. „Hier ist das Segelschiff *Serendipity, Serendipity, Serendipity*, ich rufe die französische Küstenwache. Over."

Statisches Knistern übertrug sich vom Gerät, während sie atemlos auf eine Antwort wartete.

„Mayday. Mayday. Mayday…“

Sie versuchte es wieder und wieder.

„Meredith…“, murmelte er in den angespannten Pausen, in denen sie auf eine Antwort wartete. „Warum die französische Küstenwache?“

Sie starrte zurück an Deck und verfluchte alles Französische. „Pierre hat gesagt, er fliegt jeden Tag eine Runde um die Insel. So viel dazu.“

Er wusste nicht, wer dieses Pierre-Arschloch war, aber jetzt mochte er ihn noch weniger.

Meredith schaute sich verzweifelt um. „Wir können uns nicht hinter den Inseln verstecken…“

Auf der Backbordseite befanden sich drei kleine Stückchen Land, die er auf der Karte als Levera, Green und Sandy Island eingezeichnet gesehen hatte. Sie würden sich gut als Versteck eignen – wenn die *Serendipity* die Zeit gehabt hätte, sich zu verstecken. Aber die *Tsareva* war höchstens zwei oder drei Kilometer entfernt und die Besatzung hatte freie Sicht auf die kleine Schaluppe.

„Wie viel Tiefgang hat die *Tsareva*?“, platzte Meredith plötzlich heraus.

„Wie viel?“

„Wie tief reicht der Kiel der Jacht?“

„Etwas über drei Meter.“

„Die *Serendipity* reicht anderthalb Meter unter die Wasserlinie und die Riffe vor Levera sind…“ Sie eilte nach unten, um die Seekarte zu prüfen, während ihm der Kopf schwirrte. Wollte sie wirklich in gefährlich flaches Wasser segeln, wo die Megajacht ihnen nicht folgen konnte?

Meredith tauchte mit einem ganz neuen Glanz in ihren Augen wieder an Deck auf. „Wende! Wende!“ Sie zeigte mit dem Finger nach links in die Richtung der kleinen Inseln. „Dorthin!“

Er hatte keine Ahnung, was sie vorhatte, aber er drehte das Steuer herum.

„Langsam… Langsam…“, wies Meredith ihn an und zog das Segel an. „Jetzt!“

Er gab dem Steuerrad eine zusätzliche Drehung und brachte das Boot auf einen neuen Kurs. Der Ausleger schlug zur Steuerbordseite herum und Meredith veränderte schnell die Segel entsprechend.

„Also, wie lautet der Plan?", wagte er, zu fragen.

„Wir locken sie in die Untiefen."

„Glaubst du wirklich, dass sie uns folgen werden? Sie können die Karte auch lesen."

„Die Seekarte ist falsch hier. Schau mal."

Sie drückte ihm etwas in die Hand und übernahm das Steuer.

Er blinzelte auf das quadratische Papier. Ein sehr fadenscheiniges Quadrat, das mit Tintenkritzeln übersät war.

„Henry von der *Aloha* hat mir seine Notizen über die Inseln gegeben", sagte Meredith, die ihren Blick auf die Megajacht richtete.

Tuss studierte das, was sich als eine Serviette herausstellte, die auf der einen Seite mit „Big Mama's Bar" bedruckt und auf der anderen Seite mit Notizen versehen war.

„Wir wissen, dass die Tiefe geringer ist, als auf den Karten angegeben, aber wenn die Crew der *Tsareva* das nicht weiß, können wir es vielleicht schaffen", sagte Meredith. „Außerdem ist gerade Ebbe."

Er starrte sie an und verkniff sich eine Antwort wie, *Wir könnten dein Boot versenken.* Andererseits hatte er auch keine bessere Idee. Vielleicht war es einen Versuch wert.

„Solange wir die *Serendipity* auch von den Riffen fernhalten können", fügte Meredith grimmig hinzu.

Er hielt die Serviette mit beiden Händen fest und betrachtete sie skeptisch. Wer auch immer Henry war, hatte eine ziemlich zitternde Hand. Ein Seemann, der vielleicht ein paar zu viel getrunken hatte, als er diese Karte zeichnete.

Tuss stieg in die Kajüte und verglich die Skizze mit der offiziellen Karte, die einen feinen Zuckerhut von einer Insel zeigte, genau wie die auf der Serviette. Der Kanal zwischen den Inseln und der Hauptinsel Grenada war mit Riffen übersät, die auf der Karte in unebenen grünblauen Linien und auf der Serviette in kleinen Zickzacklinien dargestellt waren. *2,1 Meter* sagten die

Bleistiftlinien, die neben mehreren verstreuten Markierungen hingekritzelt waren.

„Wofür steht ein X?", rief er ins Cockpit.

„Unerforschte Felsen."

Er schaute zu ihr hinaus. „Felsen, die wir genauso leicht treffen können wie sie."

Sie nickte und umklammerte das Steuer, bis ihre Fingerknöchel ganz weiß wurden. „Ja, aber die *Serendipity* hat nicht so viel Tiefgang und wir können schneller wenden. Nicht wahr?"

„Wenn wir die Felsen rechtzeitig sehen." Er kam wieder an Deck und hielt seine Hand über die Augen, um das grelle Licht der langsam aufgehenden Sonne abzuschirmen. Vernünftige Seeleute fuhren nur durch Riffe, wenn die Sonne hoch am Himmel stand und die Untiefen ausleuchtete. Aber sie hatten keine Zeit zum Warten. Die *Tsareva* kam schnell näher.

„Wir müssen außerdem gegen den Wind kreuzen", warnte er.

Meredith nickte geistesabwesend und starrte auf das Schiff, das regelrecht auf sie zuraste, dann auf die Insel nicht weit vor ihrem Bug. „Ich kann steuern und die Segel trimmen. Du behältst ein Auge auf der Karte und eins auf dem Wasser, okay?"

Entweder war sie verrückt oder sie war sich ihrer Sache sehr, sehr sicher. Tuss konnte nicht sagen, welches von beidem es war. Aber verdammt, es war besser, als sich im tiefen Wasser von der *Tsareva* rammen zu lassen. Wenn die *Serendipity* auf Grund lief und sank, sollten sie in der Lage sein, ans Ufer zu schwimmen – oder ans Ufer zu waten, wenn es wirklich so flach war.

Falls die Strömung euch nicht vorher wegspült, sagte eine kleine Stimme in seinem Hinterkopf. *Falls die Tsareva uns nicht vorher zur Strecke bringt. Falls...*

Ja, alles klar. Ihre Chancen standen denkbar schlecht, aber welche Wahl hatten sie denn?

Die Megajacht kam näher und er stellte sich Andreiivich auf dem Brückendeck vor, wie er den Kapitän anschnauzte, er solle volle Fahrt voraus fahren. Würde er es wagen, mit voller Fahrt in dieses Felsenriff zu laufen? Wäre er waghalsig genug?

„Wir sind fast da...", murmelte Meredith dem Boot zu, als wäre es ein lebendes, atmendes Wesen. Sie befanden sich jetzt kurz vor der kleinen Insel Verdura und waren fast bereit, eine Wende zu fahren und den von Riffen gesäumten Kanal zu durchqueren.

Auch fast da, dachte er und schaute zur *Tsareva.* Die Megajacht holte schnell auf.

Der Wind flaute im Windschatten der Insel ab und rauschte dann auf der anderen Seite durch den engen Kanal.

„Wende!", rief Meredith, während sie die Segel anzog und gegen den Wind ansteuerte. Ganz Pirat, ganz kühle Konzentration. Wenn das jemand konnte, dann sie.

Er machte sich auf den Weg zum Bug und hielt die skizzierte Karte in einer Hand. Wenn dieser Henry recht hatte, waren elektronische Karten sowieso nutzlos. Sie würden so navigieren, wie es Seeleute seit Generationen getan hatten – mit bloßem Auge. Nach Gefühl. Mit purem Glauben. So wie es Merediths Großvater seiner Zeit wahrscheinlich auch getan hatte.

Die kleine Schaluppe kränkte und fuhr weiter hart am Wind. Tuss klammerte sich mit einer Hand am Vorstag fest und blinzelte auf die Wasseroberfläche, während er betete, dass diese Sonne höher stieg.

„4,5 Meter... 4,2!", rief Meredith, die das Echolot im Cockpit ablas. „Es wird immer flacher. Was kannst du sehen?"

Praktisch nichts als blaugrüne Untiefen, aber das wollte er nicht sagen.

„Keine Hindernisse!", rief er und versuchte, optimistisch zu klingen.

Die Brandung schlug gegen die felsige Küste Grenadas und Schaum zischte über das Riff, das sich vor der kleinen Insel erstreckte.

„Die *Tsareva* wird langsamer!", rief Meredith.

Er schaute zurück. „Scheiße." Langsamer zu werden war gut, aber verdammt, war die *Tsareva* nah dran. So nah wie ein wahnsinniger Hund den Fersen eines Postboten kam. Und immer noch viel schneller als die *Serendipity.*

„Wie sieht es mit der Tiefe aus?", rief er.

„Zurück auf 4,5."

Er fluchte – einer der wenigen Fälle, bei denen er sich weniger Wasser unter dem Kiel wünschte anstatt mehr.

„3,6!", rief sie eine Sekunde später.

Er warf einen Blick zurück und hoffte, die glänzende Megajacht donnernd zum Stillstand kommen zu sehen. Das wäre vielleicht ein Anblick – ein polierter Snob von einem Boot, das hoffnungslos auf einem Felsen trieb.

Aber so viel Glück hatten sie nicht: Die *Tsareva* kam immer näher und ließ sich nicht abschrecken. Und für die *Serendipity* wurde es immer enger. In ein paar Minuten würden sie selbst an der felsigen Küste auf dem Trockenen liegen.

„Verdammt", murmelte Meredith. „Wir müssen wenden. Achtung!"

Er duckte sich, als sie das Boot zur anderen Seite wendete. Die Segel flatterten einen Moment lang wild, dann füllten sie sich und zogen das Boot auf seinen neuen Kurs, dieses Mal in die Richtung der kleinen Insel. Eine Motorjacht wie die *Tsareva* konnte ihren massiven Bug in jede beliebige Richtung lenken, die dem Kapitän gefiel, aber die *Serendipity* musste im Zickzackkurs gegen den Wind fahren. Dennoch war sie ein wendiges kleines Schiff und schaffte es, immer einen Schritt voraus zu bleiben. Die Frage war nur, wie lange noch?

Tuss schaute zurück und sah, wie die Megajacht in einem viel größeren Bogen folgte. Gerade als sie ihre Kurve vollendete, wendete Meredith wieder in die andere Richtung.

Gott, war sie raffiniert. Er grinste. „Ich dachte, deine Schwester wäre die, die es fast zur Olympiade geschafft hat."

Er hätte in diesem Moment eine Million Dollar für eine Kamera bezahlt, die ihr Lächeln einfing.

„Das war Schwimmen, kein Segeln. Ich habe nie an Wettkämpfen teilgenommen."

„Im Schwimmen oder Segeln?", fragte er und versuchte, fröhlich zu bleiben.

„Weder noch! Ich bin in beidem schrecklich."

„Du hättest mich täuschen können." Er genoss das Grinsen, das sie ihm schenkte.

Vielleicht hätte sie sich auch selbst getäuscht. Die Frau war ein Ass, aber sie rechnete sich selbst nichts an. Darüber würde er bei der nächsten Gelegenheit mit ihr sprechen müssen.

Falls sie jemals die Gelegenheit dazu bekämen. Denn verdammt, die *Tsareva* kam näher. Und Mist, war das Ding groß. Aus diesem Blickwinkel sah die Megajacht wie ein Supertanker aus.

„3,6 Meter..." Meredith schaute auf das Echolot und dann auf die Megajacht.

Was sie brauchten, um die *Tsareva* zu stoppen, waren 2,9 m oder einen dicken, fetten Felsen. Er suchte das Wasser vor ihnen ab. Wo waren die Untiefen, wenn man sie brauchte?

„Felsen!" Er tippte mit dem Finger nach vorn, als er den braunen Schatten inmitten des Blaus entdeckte. „Wir fahren genau darauf zu. Wende nach rechts."

„Nein! Noch nicht", rief Meredith zurück.

War sie verrückt geworden? Als er zurückschaute, stockte ihm fast der Atem im Hals. Die *Serendipity* raste nur wenige Zentimeter vor dem V aus schäumendem Wasser, das der Bug der Megajacht aufwarf.

„Noch nicht!", brüllte Meredith über das Tosen des Wassers hinweg. „Warte bis zur letzten Minute."

Es kam ihm wie die verdammte letzte Minute vor, aber okay. Er hielt sich am Vorstag fest und fragte sich, wie weit sein Körper beim Aufprall wohl geschleudert werden würde. Er schaffte es jedoch, den Daumen zu heben, und starrte auf den braunen Fleck vor ihnen. „Noch eine Sekunde länger..."

Er hatte sich geschworen, nicht zurückzublicken, aber er konnte nicht anders. Als er es tat, klappte seine Kinnlade auf. Das ausladende Vorderdeck der *Tsareva* überragte das Heck der *Serendipity* praktisch. Meredith war bleich wie ein Laken, aber sie hatte ihre Hände fest um das Steuerrad geschlungen.

Er wirbelte zurück, um die Entfernung zum Felsen abzuschätzen, und rief: „Jetzt! Jetzt!"

Meredith wendete das Boot so schnell, dass die *Serendipity* praktisch zur Seite sprang. Das Boot ächzte und kränkte, als es von der Bugwelle der *Tsareva* erfasst wurde. Aber das kleine Segelboot schien die Zähne zusammenzubeißen, genau wie Meredith es tat und fuhr weiter.

Tuss duckte sich, als ein hohes, metallisches Kreischen an seine Ohren drang, gefolgt von einem tiefen, reißenden Ächzen.

„Nein!", schrie Meredith.

Aber es war die *Tsareva*, die auf Grund gelaufen war, nicht die *Serendipity*. Das kleine Segelboot machte einen Satz nach vorn und entfernte sich, während hinter ihnen die Geräusche eines Schiffbruchs ertönten. Oder besser gesagt, es klang wie die *Titanic*, die gegen einen Eisberg prallte. Die *Tsareva* schlingerte und quietschte. Die Angestellten an Deck stolperten und klammerten sich an den Relings fest, als sie beinahe über Bord geschleudert wurden.

„Wow", murmelte Meredith und lenkte die *Serendipity* gegen den Wind in tieferes Wasser.

Tuss blieb am Bug, obwohl es ihn alle Mühe kostete, nicht zum Cockpit zu eilen und sie in einer Umarmung zu ziehen. Die Megajacht war tatsächlich auf Grund gelaufen. Sie lag auf dem Trockenen.

„Wir haben es geschafft!", rief sie.

„Du hast es geschafft!", rief er zurück.

Er sah, wie die Besatzung an den Seitendecks der *Tsareva* entlanglief, und fragte sich kurz, ob sie bewaffnet waren. Aber sie hatten doch sicher alle Hände voll damit zu tun, auf Grund gelaufen zu sein, nicht wahr?

Die Hecktür der Megajacht öffnete sich und er stöhnte auf.

„Sie lassen das Schnellboot zu Wasser."

Ein hartnäckiger Mistkerl, dieser Andreiivich.

Etwas summte und Tuss rannte zurück ins Cockpit, während er versuchte, zu bestimmen, woher das Geräusch kam.

„Was ist das?", rief Meredith.

Das Brummen wurde immer lauter und ging dann in ein Dröhnen über, als ein Flugzeug in Sichtweite sauste. Es zischte direkt über die *Tsareva* hinweg, flog weiter und dann in eine Kurve. Das Brummen wurde immer lauter, als das Flugzeug zu einem weiteren Überflug ansetzte.

„Scheiße. Sind jetzt auch noch Flugzeuge hinter uns her?" Tuss riss seine Faust in den Himmel.

Meredith packte ihn am Arm. Sie hatte die Augen weit aufgerissen, und warum auch nicht. Sie hatten es mit einem mächtigen Feind zu tun. Sie hatten keine Chance mehr. Warum also war ihr Gesichtsausdruck eher triumphierend als besiegt?

„Pierre!" Verzweifelt winkte sie dem Flugzeug zu.

Jetzt fing sie schon wieder mit diesem Pierre an. Wer zum Teufel war Pierre?

„Übernimm das Steuer", befahl sie und griff bereits nach dem Funkgerät. „Pierre? Pierre?", schrie sie und verzichtete auf die üblichen Funkkonventionen. „Hier ist Meredith auf der *Serendipity*!"

Für eine Sekunde knisterte es statisch, dann dröhnte eine Stimme aus dem Gerät. „Meredith? Meredith des Meeres? Sind sie es?"

Pierre hatte einen geschmeidigen, französischen Akzent und Tuss hasste ihn jetzt schon. Vor allem, als er das Lächeln sah, dass seine Stimme auf Merediths Gesicht zauberte.

„Ja, ich bin es!"

Das Flugzeug sauste erneut über sie hinweg und dieses Mal erkannte Tuss die französische Trikolore auf den Flügeln. „Die französische Küstenwache? In Grenada?"

„Das ist eine lange Geschichte", murmelte Meredith und sprach dann wieder ins Funkgerät. „Pierre!"

„Brauchen Sie Hilfe?", fragte der Pilot.

Tuss zeigte auf das schnittige Motorboot, das am Heck der *Tsareva* zu Wasser gelassen wurde. „Das bedeutet Ärger."

„Ja, wir brauchen Hilfe!", schrie Meredith. „Schnell! Bitte!"

Das Flugzeug drehte eine weitere Runde und rauschte dann in den Zwischenraum zwischen dem Schnellboot der Megajacht und der *Serendipity*. Es flog so nah heran, dass die Segel der *Serendipity* flatterten. So tief, dass das rasende Motorboot fast kenterte.

Meredith jubelte, als das Motorboot zu seinem Mutterschiff wendete.

„Hier spricht die französische Küstenwache", dröhnte Pierres Stimme aus dem Lautsprecher. Der freundliche Tonfall war verschwunden und wurde durch einen Legt-euch-bloß-nichtmit-mir-an Ton ersetzt. „Ich fordere Sie auf, dies unverzüglich zu unterlassen.“

Er meinte das Schnellboot, nicht die *Serendipity*, und Tuss atmete aus. Vielleicht war Pierre ja doch kein Verlierer.

„Woher wusstest du, dass die französische Küstenwache hier ist?“

Meredith schüttelte den Kopf. „Komplizierte Sache. Erinnere mich nur daran, mich nie wieder über redselige Piloten zu beschweren.“

Sie schauten beide auf. Pierre raste tief über das Schnellboot hinweg und die Botschaft war unmissverständlich. Schließlich brach die Besatzung die Verfolgung der *Serendipity* ab und fuhr zurück zur *Tsareva*.

Das Funkgerät meldete sich zu Wort. Die *Tsareva* rief um Hilfe. Pierre kündigte an, dass ein französischer Schlepper auf dem Weg sei – er sagte jedoch nicht, ob dieses Schiff der sinkenden Jacht helfen oder den Eigentümer festnehmen würde. Meredith grüßte Pierre, bedankte sich überschwänglich und wandte sich dann an Tuss.

„Neuer Kurs.“ Sie strahlte und zeigte nach rechts.

„Wohin, Kapitän?“ Er grinste zurück. Ein Tag, der ein schreckliches Ende zu nehmen drohte, sah plötzlich ziemlich gut aus.

„Wie klingt Martinique?“

„Perfekt.“ Er nickte. „Einfach perfekt.“

„Also gut. Zwanzig Grad nach Steuerbord. Nordnordwest.“

„Aye, aye, Kapitän.“ Er grinste und drehte das Steuerrad nach rechts. „Aye, aye.“

Epilog

Eine Woche später...

„Schön", flüsterte Meredith und zeichnete die Schatten nach, die über Tuss' Rücken spielten.

„Schön", erwiderte er leise.

Sie lachte. *Schön* war eine Untertreibung. Sie und Tuss lagen unter einer Palme an einem weißen Sandstrand wie aus dem Bilderbuch und schauten zu, wie die *Serendipity* in der Nähe vor Anker dümpelte. Die Sonne stand hoch und Palmwedel raschelten in der Brise. Sie ließen die Schatten tanzen und schwanken.

Mit seinen geschlossenen Augen und dem zufriedenen Grinsen auf den Lippen war Tuss der Inbegriff von Zufriedenheit. Meredith nahm an, dass sie einen ähnlichen Gesichtsausdruck hatte, jetzt, da sie ein paar Tage Zeit gehabt hatte, sich zu entspannen.

„Was?" Tuss öffnete ein Auge, als sie vor lauter Glück seufzte.

Sie winkte mit einer Hand über die Szene. „Ich habe ein Schokocroissant zum Frühstück gegessen. Die Sonne scheint. Mein Boot liegt dort drüben und ist völlig unverletzt."

Tuss kannte sie gut genug, um nicht zu sagen, dass *Verletzungen* für Menschen bestimmt waren und die *Serendipity* nur ein Boot war. Er war einer der wenigen Menschen, die verstanden, dass die *Serendipity* tatsächlich viel mehr als nur ein Boot war.

„Und du bist auch unverletzt", fügte sie hinzu. „Wir sind beide hier, in einem Stück."

Es wäre einfach gewesen, sich eine hässlichere Alternative vorzustellen, aber Tuss verschränkte seine Finger in ihren und vertrieb diese Gedanken.

„Ich bin gerne in einem Stück. Ich bin gern mit dir zusammen", murmelte er. „Nein, warte. Ich *liebe* es, mit dir zusammen zu sein."

Sie errötete. In den letzten Tagen waren sie immer wieder um das L-Wort herumgetänzelt. Aber sie brauchte es nicht zu sagen, um es zu wissen. Sie liebte ihn. Und die Art, wie Tuss sie ansah – wie er ihr mit dem Blick folgte und ihre Hand hielt, wenn es gar nicht unbedingt nötig war – nun, er brauchte es auch nicht zu sagen.

Er rieb einen Fuß an ihrer Wade und sie schloss die Augen, um die Berührung zu genießen. Letzte Nacht waren sie aneinandergekuschelt in der gemütlichen Vorderkabine der *Serendipity* eingeschlafen. Heute Morgen waren sie auf die gleiche Weise aufgewacht, aber sie konnte trotzdem nicht genug von seiner Berührung bekommen. Sie könnte ein ganzes Leben mit Tuss verbringen und immer noch nicht genug davon kriegen.

Aber verdammt, ein Leben lang wäre schön.

„Meinst du, du hältst es aus, noch eine Weile zu bleiben?", wagte sie schließlich zu fragen. Sie hatten in den letzten Tagen so viel ungesagt gelassen. Was, wenn sie mit ihren Vermutungen nicht richtig lag?

Als er seine Hand um ihre Wange legte und mit seinem Daumen über ihre Haut strich, hatte sie ihre Antwort. „Ich bleibe so lange, wie du mich haben willst, Meredith." Seine Stimme war leise. Hoffnungsvoll. „Aber wenn du allein sein willst…"

Sie schüttelte so vehement den Kopf, dass er lachte.

„Ich möchte, dass du bleibst", sagte sie schnell. „Je länger, desto besser."

Er strich mit einer Hand an ihrem Arm hinunter, verschränkte ihre Finger ineinander und hob ihre Fingerknöchel an seine Lippen. „Je länger, desto besser", flüsterte er und küsste ihren Ringfinger.

Ihr Herz schlug höher und schneller. War das wirklich sie, die Seite an Seite mit dem perfekten Mann an einem perfekten

Strand in den Tropen lag?

Nun, ja. Ja, so war es.

„Danke", flüsterte sie. „Danke für alles… "

Er stöhnte und unterbrach sie. „Ich sollte dir danken."

„Wofür?"

„Dass du die Höhle hinter den Wasserfällen gefunden hast. Dafür, dass du eine unglaubliche Seglerin bist und die *Tsareva* überlistet hast. Dafür, dass ich mit dir auf der *Serendipity* segeln darf."

Dass er mit ihr segeln durfte? Sie würde ihn anflehen, wenn sie es müsste.

Sie hatten dieses Gespräch schon ein paarmal geführt und er gab das Lob immer gleich wieder an sie zurück. Also gab sie die Vernunft auf und griff zu einer anderen Form der Überredungskunst. Sie schmiegte sich enger an ihn und küsste ihn. Zuerst ganz leicht, dann immer leidenschaftlicher. Es dauerte nicht lange, bis sie ganz nahe gerutscht war, ein Bein um seines schlang und…

„Hoppla", murmelte sie und zog sich zurück.

Tuss zog eine Augenbraue hoch. „Hoppla?" Der Mann konnte jede erdenkliche Emotion mit den winzigsten kleinen Gesten ausdrücken.

„Wir sind in der Öffentlichkeit."

Ein Teil von ihr wünschte sich, er würde einfach sagen, *Zum Teufel damit*, und sie auf der Stelle ausziehen. Immerhin war der Strand menschenleer, nicht wahr?

Trotzdem könnten jeden Moment Einheimische vorbeikommen und so war es gut, dass Tuss Gentleman genug war und sie davor bewahrte, ihren Sinn für Anstand völlig zu verlieren. Nun, er war fast immer ein Gentleman. Wenn sie ihn auf dem Boot ganz für sich allein hatte… Ihr Körper wurde heiß, als sie daran dachte, wie er sie in den letzten Tagen geliebt hatte.

Er drückte einen Kuss auf ihre Stirn und hielt eine ganze Weile dort inne. Was auch perfekt war. Ihn einfach nur schweigend festzuhalten. Ihn zu umarmen. Zu wissen, dass er nicht gleich wieder verschwinden würde, und zu wissen, dass sie endlich ihren Frieden gefunden hatte.

Am Morgen nach ihrer Ankunft in Martinique hatte Tuss ausgeschlafen, aber sie war trotz ihrer Müdigkeit früh aufgestanden. Sie war zum Bug gegangen und hatte die Arme um ihre Knie geschlungen. Genau so, wie sie an ruhigen Morgen vor Anker dort gesessen hatte, als sie früher im Sommer mit ihrem Großvater unterwegs gewesen war. Und obwohl die Aussicht anders war, war das Gefühl dasselbe. Alles war von Frieden erfüllt, auch ihre Seele.

Eine gute Stunde lang hatte sie am Bug gesessen, an Marco gedacht und ihre Gefühle ein Dutzend Mal hinterfragt. Sollte sie sich nicht schuldig fühlen, weil sie am Tag des sechzehnten nicht um ihn getrauert hatte? Sollte sie sich nicht schuldig fühlen, weil sie sich in einen anderen Mann verliebte?

Sie hatte ein paar Minuten auf den Horizont gestarrt und dann den Kopf geschüttelt.

Nein. Die Antwort war Nein. Sie hatte sich den Rat ihres Großvaters zu Herzen genommen.

Das Leben kann wunderschön sein, mein Schatz. Sieh zu, dass du die Freude zulässt.

Sie war tatsächlich bereit, diese Botschaft nicht nur zu wiederholen, sondern sie zu leben. In der Zeit, in der sie auf Grenada vor Kriminellen geflohen war, hatte sie auch die letzten Überbleibsel der Vergangenheit losgelassen. Die Geister. Die Schuldgefühle. Sie war bereit – wirklich, wirklich bereit – zu leben. Zu lieben. Sich selbst zu vertrauen.

Und verdammt, fühlte sich das gut an.

„Wie lange dürfen wir auf Martinique bleiben?", fragte sie.

„Bis zu drei Monate."

Drei Monate auf einem karibischen Inselparadies, das von der zuverlässigen französischen Polizei überwacht wurde – und das alles mit einem guten Mann an ihrer Seite. Himmlisch.

„Nicht, dass wir die ganze Zeit hierbleiben müssen", beeilte sie sich hinzuzufügen.

„Der Punkt ist, dass wir es können", sagte Tuss.

Wir. Gott, sie liebte dieses Wort, *wir.*

Tuss hatte recht. Sie hatten beide Zeit und genügend Ersparnisse, um eine Saison in der Sonne zu verbringen, bevor sie zu einem Leben auf dem Festland zurückkehrten.

„Keine Sorge auf der Welt und keine Megajacht in Sicht", murmelte sie fröhlich.

Tuss lachte. „Nach allem, was ich gehört habe, wird die *Tsareva* so schnell nirgendwo hinfahren. Andreiivich auch nicht."

Der tropischen Gerüchteküche zufolge war Andreiivichs Jacht in Grenada beschlagnahmt worden, während seine Verbindung zu Duarez untersucht wurde. Die Behörden hatten auch Dokumente an Bord der *Tsareva* entdeckt, die ihn mit einem Geldwäschesystem in Verbindung brachten. Es hieß, Andreiivich sei mit einem Hubschrauber aus Grenada geflohen und habe den ersten Flug zurück nach Moskau genommen.

„Moskau?", hatte Tuss' gegluckst, als sie die Nachricht das erste Mal gehört hatten. „Nicht gerade ein tropisches Paradies."

Nicht so wie hier, kam Meredith nicht umhin zu denken, als ein Vogel über ihnen zwitscherte. Die Palmen wiegten sich in der Brise und kristallklares Wasser plätscherte über den weißen Sand.

„Bist du sicher, dass er uns nicht suchen wird?"

Tuss winkte mit einer unbekümmerten Hand ab. „Andreiivich hat definitiv andere Sorgen. Ich bezweifle, dass wir überhaupt auf seinem Radar sind." Tuss kämmte mit den Fingern durch ihr Haar und schaute ihr in die Augen. Und schaute und schaute und gab ihr das Gefühl, die schönste Frau auf der Welt zu sein.

„Wir haben es geschafft", flüsterte sie und schüttelte den Kopf, als sie an ihr knappes Entkommen dachte.

Tuss schüttelte den Kopf. „Du hast es geschafft."

Und schon wieder gab er ihr das Gefühl, Superwoman zu sein, obwohl sie einfach nur sie selbst war. Sie konnte praktisch spüren, wie der Umhang um ihre Schultern flatterte und die Kraft durch ihre Adern floss. Nun, sie spürte, wie *etwas* durch ihre Adern floss, auch wenn es vielleicht nur ein weiterer Anflug der Lust auf den Mann war, der sie stets aufs Neue faszinierte.

Nicht Lust, korrigierte eine kleine Stimme. *Liebe.*

Und einfach so brachte sie den Mut auf, die Frage zu stellen, die sie sich bisher nicht getraut hatte.

„Wenn wir mit dem Segeln fertig sind…" Barfußsegler in der Karibik zu spielen, war eine Sache. Die große Frage war das Danach. Würde Tuss seinem Sonnenuntergang entgegengehen, während sie sich ihrem eigenen zuwandte?

„Komm mit mir nach Miami", sagte er sofort, als hätte er selbst auf eine Gelegenheit gewartet, um das zu fragen. „Bleib bei mir."

„Miami?", fragte sie in einem neutralen Ton, als hätte sie nicht schon tausend Szenarien durchgespielt, wie sie sich dort mit ihm niederlassen könnte.

„Miami. Ich fange im Herbst meinen neuen Job an. Du könntest dort Arbeit finden, oder?"

Sie nickte. Sie konnte so gut wie überall Arbeit finden. Das hatte auch in den kleinen Fantasien, die sie sich in der letzten Zeit ausgemalt hatte, eine große Rolle gespielt. Mit Tuss zu leben, in einer kleinen Praxis zu arbeiten – in der Art, in der sie Patienten empfing, die zahlen konnten, und solche, die es nicht konnten – so wie sie es sich erträumt hatte.

„Das könnte ich", flüsterte sie und konnte es in ihrer Vorstellung vor sich sehen. „Vielleicht nicht allzu weit von deinem Arbeitsplatz entfernt."

„Wir könnten uns nach der Arbeit treffen…", fügte er hinzu und schien mit dieser Fantasie vollkommen einverstanden zu sein.

„Wir könnten für die *Serendipity* einen Liegeplatz in der Nähe finden und an den Wochenenden segeln gehen…"

„Du könntest mich begleiten, wenn ich geschäftlich auf die Inseln fahre…"

„Es wäre perfekt", beendete sie seinen Satz und hielt dann inne.

„Was? Warum siehst du auf einmal so schuldbewusst aus?"

Sie fuhr mit der Hand über seine nackte Brust. „Weil es jetzt schon perfekt ist. Weil ich schon so viel habe."

Er lachte. „Ja, ein Croissant in deinem Bauch, dein Boot dort drüben und die scheinende Sonne…"

Okay, sie hatte ihrem Glück in den letzten Tagen also Ausdruck verliehen – so sehr, dass Tuss das meiste von ihrem kleinen Mantra bereits auswendig kannte. Aber den wichtigsten Teil hatte er ausgelassen.

„Dich." Sie deutete auf seine Brust. „Ich habe dich. Das ist alles, was zählt."

Er umarmte sie und aus dem kleinen Kuss, den er ihr auf die Lippen drückte, wurde ein weiteres Fest der Liebe, bei dem sie innerhalb von zwei Minuten keuchten und erröteten.

„Hoppla." Er entzog sich ihr, gerade als es richtig losging. „Jetzt sind wir wieder da, wo wir angefangen haben." Dann lachte er sein tiefes, musikalisches Lachen. „Vielleicht sollten wir zurück zum Boot schwimmen."

„Auf jeden Fall", stimmte sie zu und stand auf. Er schaute sie eine Minute lang mit leuchtenden Augen an – mit einem Blick, der sagte, dass er *sein* Glück nicht fassen konnte –, dann nahm er ihre Hand und stand ebenfalls auf. Er strich ihr den Sand von den Beinen, dann von seinen, und ging mit ihr zum Ufer.

Die Farbe des Meeres wandelte sich von durchscheinend zu Aquamarin zu Königsblau und in der Ferne, wo der Horizont mit dem Himmel verschmolz, schließlich zu silbern. Weißer Schaum bedeckte Merediths Füße, als eine Welle sanft heranrollte. Ihre Haut kribbelte von der kühlen Berührung. Sie ging weiter und hielt Tuss' Hand, bis sie hüfttief im Wasser stand, wo sie innehielt und alles in sich aufnahm.

Zum ersten Mal in ihrem Leben wusste sie genau, was sie tun wollte, wohin sie gehen wollte und mit wem sie zusammen sein wollte. Das orientierungslose Gefühl, mit dem sie jahrelang gelebt hatte, war verschwunden. Weggedriftet wie die Schale einer Kokosnuss, die in die Fluten geworfen wurde. Sie fühlte sich frei. Glücklich. Mehr als lebendig.

Tuss schlang seinen Arm um ihre Schulter und blieb still neben ihr stehen. „Nicht schlecht, was?"

Sie schüttelte den Kopf und drückte seine Hand. „Es ist perfekt."

„Dann lass uns gehen", sagte er und fing an, in Richtung Boot zu schwimmen.

Sie schaute ihm ein paar Sekunden lang nach und biss sich auf die Lippe. Ein guter Mann. Ein gutes Boot. Eine vielversprechende Zukunft. Sie hatte tatsächlich alles.

Tuss hielt inne, um Wasser zu treten und sie erneut anzusehen. Kleine Wassertropfen liefen über sein Gesicht und das Blau seiner Augen strahlte sonnig und hell.

„Kommst du?"

„Ich komme schon", rief sie und fing an, zu schwimmen. Die Sonne schien ihr auf den Rücken und die Hoffnung trieb sie vorwärts. Zu Tuss. Zur *Serendipity*. Ihrer Zukunft entgegen.

„Ich komme", murmelte sie und lächelte, während sie schwamm.

Anmerkung der Autorin

Ich hoffe, du hast dein Abenteuer auf Grenada genossen, auch wenn es sich nicht unter der tropischen Sonne, sondern auf den Seiten dieses Buches abgespielt hat. Die Inspiration für diese Geschichte kam von meinen eigenen Abenteuern in der Karibik, als ich auf einem genauso bescheidenen Boot wie der *Serendipity* segeln war. Ich habe viele Megajachten gesehen, die so gigantisch waren wie die *Tsareva* – diesbezüglich habe ich nicht übertrieben! Alle meine Lieblingsinseln kommen in dieser Geschichte vor. Wenn du also einen Urlaub auf Grenada buchen möchtest, kann ich dir nur empfehlen, dir die Prickly Bay, die Fischnacht in Gouyave und den wunderschönen Wasserfall anzusehen. Verbringe nur nicht zu viel Zeit damit, hinter den Wasserfällen nach einer Höhle zu suchen – diesen Teil habe ich mir nur ausgedacht. Aber würdest du dich nicht auch gern mit einem Typ wie Tuss darin verkriechen?

Ich wünsche dir bei deinem nächsten romantischen Sesselabenteuer oder bei deiner nächsten Reise im wirklichen Leben auf die Sonneninsel deiner Wahl von Herzen eine gute Reise!

Sneak Peek: Der Ruf des Drachen

ALOHA SHIFTERS: Juwelen des Herzens, Buch 1

Gute Drachen? Böse Drachen? Vor vierundzwanzig Stunden hatte Tessa Byrne noch keine Ahnung von der schrecklichen Welt der Gestaltwandler. Jetzt weiß sie zu viel. Zum Beispiel, dass ein skrupelloser Drachen-Lord sie unbedingt für sich einfordern will. Tessa flieht nach Maui, wo ein tropischer Himmel, wogende Palmwedel und ein gutaussehender Fremder sich verbünden, um ihre Gefühle durcheinander zu wirbeln. Kann sie Kai Llewellyn und seinem verschworenen Haufen von kampferfahrenen Werwesen wirklich vertrauen, sie vor einem schrecklichen Schicksal zu bewahren?

Traue keinen Menschen und verliebe dich niemals in einen. Diese Lektionen hat Kai Llewellyn auf die harte Tour gelernt. Aber Tessa ist etwas Besonderes. Ihre smaragdgrünen Augen leuchten wie das geheimnisvoll Juwel an ihrem Hals, und ihr feuerrotes Haar lässt sein Herz höherschlagen. Ist sein innerer Drache einfach nur gierig auf ein neues Abenteuer oder ist Tessa seine Schicksalsgefährtin?

Weitere Titel von Anna Lowe

Karibische Abenteuerromantik

Funken der Lust

Prickelndes Wagnis

Süße Verstrickung

Verlockende Tiefe

Sinnliche Strömung

Aloha Shifters - Juwelen des Herzens

Der Ruf des Drachen (Buch 1)

Der Ruf des Wolfes (Buch 2)

Der Ruf des Bären (Buch 3)

Der Ruf des Tigers (Buch 4)

Die Verlockung des Drachen (Buch 5)

Der Ruf des Fuchses (Buch 6)

Aloha Shifters - Perlen des Verlangens

Drachenrebell (Buch 1)

Bärenrebell (Buch 2)

Löwenrebell (Buch 3)

Wolfsrebell (Buch 4)

Rebellenherz (Buch 5)

Alpharebell (Buch 6)

Töchter des Feuers - Billionaires & Bodyguards

Töchter des Feuers: Paris (Buch 1)

Töchter des Feuers: London (Buch 2)

Töchter des Feuers: Rom (Buch 3)

Töchter des Feuers: Portugal (Buch 4)

Töchter des Feuers: Irland (Buch 5)

Töchter des Feuers: Schottland (Buch 6)

Töchter des Feuers: Venedig (Buch 7)

Töchter des Feuers: Griechenland (Buch 8)

Töchter des Feuers: Schweiz (Buch 9)

Die Wölfe der Twin Moon Ranch

Verlockung des Jägers (Buch 1)

Verlockung des Wolfes (Buch 2)

Verlockung des Mondes (Buch $2\frac{1}{2}$ – Vier Kurzgeschichten)

Verlockung des Alphas (Buch 3)

Verlockung der Wölfin (Buch 4)

Verlockung des Herzens (Buch 5)

Weihnachtsverlockung (Buch 6)

Verlockung der Rose (Buch 7)

Verlockung des Rebellen (Buch 8)

Verlockende Begierde (Buch 9)

Die Bären des Blue Moon Saloons

Perfekte Gefährten (die Vorgeschichte)

Verlangen des Bären (Buch 1)

Verlangen des Wolfes (Buch 2)

Verlangen des Alphas (Buch 3)

Verlangen des Gefährten (Buch 4)

Verlangen der Wölfin (Buch 5)

Süßes Verlangen (ein Festtagsschmaus)

Gestaltwandler in Vegas

Wolfspoker

Bärenpoker

Pantherpoker

Drachenpoker

Karibische Abenteuerromantik

Funken der Lust

Prickelndes Wagnis

Süße Verstrickung

Verlockende Tiefe

Sinnliche Strömung

Travel Romance

Im englischen Original bei Amazon erhältlich.

Veiled Fantasies

Island Fantasies

www.annalowe.de

Über Anna Lowe

USA Today und Amazon Bestseller Autorin Anna Lowe schreibt fesselnde Romane mit tatkräftigen Heldinnen und unwiderstehlichen Helden in exotischen Umgebung, mit jeder Menge Zündstoff für scharfe Romantik.

Sie liebt Hunde, Sport und Reisen, die auch die Inspiration für Ihre Bücher liefern. Wenn Anna nicht gerade in die Arbeit an ihrem nächsten Buch vertieft ist, kannst Du Sie am Wochenende beim Wandern in den Bergen antreffen. Egal wo und wie – sie wird den Tag mit einem leckeren Stück Zartbitterschokolade ausklingen lassen.

Einfach mal vorbeischauen, auf **www.annalowe.de**.